U0892920

放下过后更澄明

—永生的凤凰

林清玄 著

线装書局

目录

目录

卷二 当代的风云

自序

今年二月在西雅图，在从华盛顿湖驱车往华盛顿大学的路上，我迷路了，发现自己走到了一条人迹稀少的乡道上。

我一时找不到出路，就下车到林间散步，等待着过往的行人问路。

这时我发现，我迷失的树林真是美得动人，走几步就有一个小湖，还有一些颜色斑斓的不知名的小岛。湖畔到处走着海鸟、野鸭，它们一点也不畏生，我走近了，反而好奇地走过来围着我，有的飞起来，轻轻地点一点清明的湖心，就飞到林间深处去了。

西雅图的冬天很冷，无边的树木萧瑟地站立着，所有的叶子落尽了，冷风一阵阵袭来，更令人感觉到这一片大地的幽静。奇妙的是，所有的树叶都落了，而铺在地上的小草却像春天时一样翠绿，偶尔还能在寒风里看到一些红的、紫的小野花，开在树林中的残雪里。

正好四周没有行人，我便怀着悠闲的心情观看着林中山色，深刻地感受着游人的心情。抬头往四野望去，四面的高山积了厚厚的一层雪，万峰皑白，雪光莹然，静默地围绕着这个美国北边的大城，有许多雪在那些山上是终年不化的。

我坐在草地上，一任寒冬的暖阳铺在身上，我的身旁，鸟儿正“叽叽喳喳”地交谈着。那时，我突然想起了十几年来的写作生活，这里面有悲苦，有欢乐，有雀跃，也有伤感，正像在这零下三度的北国晒着阳光的感觉。

在过去的日子里，每当面对写作的新关口、情绪往下落的时候，我就外出去旅行，去看不同的山川，去会面不同的人物，然后我总是能或多或少地得到一些新的启示，并依着那些新的启示出发。

说起来，我从事报道工作而不感到厌倦，喜爱旅行是一个很重要的因素。除了旅行，我想，我对人和土地的热爱也是不可忽视的因素。很多时候，我是个情绪很不能自制的人。看到一件动人的事，看到一幅美丽的风景，听到一首好听的歌，或遇到一个有意思的人，我都会感到内心波涛汹涌，恨不得天下人都能和我分享，并获得相同的感动。因此我常在长夜的孤灯下写作，让自己的情绪宣泄出来，使心情得到平衡。

有许多可敬的朋友时常对我说："你是可以创作的人，为什么不专心创作，而要花费这么多时间写报道呢？"

我想，我是可以创作的，但写报道同样是我所喜爱的一种创作方式。在写报道的时候，我不纯然是个独立的作者，而且可以和别人沟通，可以直接去关心我所见到的事物。我的报道是"我"和我的"对象"共同完成的。

我总是想，我真正的创作还是留到以后吧，因为我还年轻，手里又有一支快笔，在我还能跑动的此刻，在我还有充沛的入世热情的此刻，让我多花一些时间在报道上面吧！

人一到了中年，对周遭的热情终不免因时间与世事的推移而减弱，但是我时刻在警惕自己，永远不要使自己对人和环境的热情减少。表现这股热情的最佳方式，在我而言，就是不停地写下去，不停地让自己投在火炼之中。就像处在寒冬的落木之间，心情恒维持着一种温暖，这温暖让我们看清在满地青草之下，春天的声息正从遥远的地方走来。

收集在这本集子里的几篇文章，像《不敢回头看牵牛》《独对青冢向黄昏》《杨妈妈和她的子女们》，都是我含着眼泪写成的。如今重读这些文章，鼻子里还有酸意。有时候我觉得，把自己情绪的反应写出来是对不起读者的，但是如果我隐藏了自己，用理性的态度来写报道，不但对不起读者，也对不起自己。也许，哪一天我不再写报道了，才是真正对读者有所愧歉吧！

这些年来，因为工作转变，我比较偏重于艺术的报道和批评，一般的报道反而写得少了。记得有一次在康涅狄格州遇到一位陌生的留学生，他读过我最早期的一本报道《长在手上的刀》，询问了我这些年从事报道的情况，我竟无言以对。

我说："再给我一个出发的机会吧！"

其实，"出发"这两个字说起来容易，但它有很多时候是会陷进现实的泥沼里的。我时常告诉自己：随时可以出发！随时保持着出发的心情。所谓出发，是鸟将要起飞的那一刻，是花将要开放的那一刻，是马将要起跑的那一刻，是火车鸣起汽笛的那一刻，全是要经过阵痛的。但是如果没有那一刻，就永远抵达不了目标。我也权且把此书看成是一次出发，而不是我从事报道的一个句点。

今年五月，我到新加坡去访友，当地有许多年轻朋友都读过我的报道作品，并且对报道怀抱着热情，希望自己也能投入和参与，问我要怎么着手。

我说："你们不要着手，要今天就出发！"

我为自己的小作在南洋远地也有人共鸣而欣喜，我说："就从你们身边的人和土地开始吧！人和土地是文学一个很重要的特质。"

我从来只是写，不要求读者一定与我有相同的想法。但是我希望读这本书的时候，能带给亲爱的朋友们一些感触，进而有更多的人从事报道，使我们走向一个更理想的社会。

我想重申的是："文学工作者只是一个社会的观察者，不是社会的改革者。"这使我想起在西雅图的湖畔，我双手一扬，把林鸟惊飞，而我不知道那些鸟将飞往何处。我的文章出版成书的时候，我的心情也是一样的。

林清玄

安和路客寓

卷一　祖先的天空

只要点燃心中的灯

一心一意地生活下去

便可以展现充实的生命

微雨燕双飞

天的神奇如是，人也一样，明明是一颗心，有时候左边下雨，右边却是日出，正如山雨谷晴，只有经历百折千转，走过无数风雨阳光，才能明明白白地看清自己的道路。

午后过甲仙

轰——

一阵雷声，从远方的山头一路响过来，热烈而急切，路上的行人刚有预感，豆大的雨已经一抡天网，当头罩下。

雨来得那么急促，连太阳和蓝天都来不及躲闪。虽然下着雨，天是晴的，大马路被直劈成两半，左边雨籁交响，右边仍是泻满阳光。

我去的那一天就是下着这样神秘的雨，路的右边铺满阳光，路的左边则是雨落在阳光中闪出七彩。我便和甲仙的孩子们在雨里奔来跑去，到左边淋了雨，再到右边晒太阳。我觉得奇怪，就问路边的小孩，他说："雨是有界限的，这条路就是它的界限。"他又指着远山说，"喏，那边都是雨。"再指着谷底说，"那边都是阳光。"

雨有界限，我知道，可是当我站在那一条线上时，却感到迷惑了。

对于这样的雨，我觉得不寻常，甲仙镇人却习以为常，他们称之为"日头雨"或"三八雨"。有时候，天也确实"三八"，它会蒙上眼睛来个电闪雷劈，忽然乌云密布，二十分钟后又是晴光丽日，霞光万道。甲仙人称之为"西北雨"，夏天的时候，一日一回，很少间歇。

天的神奇如是，人也一样，明明是一颗心，有时候左边下雨，右边却是日出，正如山雨谷晴，只有经历百折千转，走过无数风雨阳光，才能明明白白地看清自己的道路。终于，雨过天青，或许在山与谷之间架起了彩虹，一道圆弧把我们牵上去。但有时，彩虹也是残缺的，断了的一截，你想帮蓝天补缀，却不知从哪一头下针。

我看到虹断了，两头平，忍不住慨叹。

有两个小孩在马路上对话：

“虹断了，多可惜。”

“下一次一定会出一条好的。”

“断了也有断的美。”我说。

一代一代生活着

我们看甲仙的美，不能只看彩虹，更要知道，在甲仙雨也是很重要的。

骤雨的午后，我们到甲仙镇去，才算是触到一点点它的真性了，因为雨前和雨后，甲仙有了很大的不同，仿佛这个乡镇在炽热的暑天中洗了一个快乐的澡。

甲仙位于高雄县的山区，它本来只是一个少数人家聚居的村落，这些人依山为生，在山里种甘蔗、果树、树薯、芋头、番薯，有一部分人开辟梯田种了稻子，还有少数人在山谷中种了一些供观赏的草本植物。

甲仙和台湾其他深山一样，也聚居了一部分山胞，他们以狩猎为生，只有小部分年轻人到山下来帮人种作。甲仙的山胞是很好认的——并不是他们的肤色和长相有什么奇特，而是他们喜欢穿花色鲜艳的衣服。在淳朴平凡的甲仙镇，花花绿绿的衣服便成了山地同胞的标志。他们并不是受了现代文明的影响，这是他们的传承，从祖先一直花花绿绿穿到现代，在山里他们就像彩旗一样飘扬着。

由于土质和气候的关系，甲仙生产大量的木瓜和芋头。甲仙的木瓜风味非常独特，它的果实坚实，水分较少，有一种特别的甜味，就像生活中经过加工、提炼的快乐一般，吸引了很多远来的游客。“甲仙芋”和“甲仙木瓜”成了这里观光以外最独特的特产。人们用最简单的方式生产木瓜干和芋头饼，它们可以永久保存，带来了当地家庭工业的兴盛。

我们进了甲仙，街道两边的商店堆满了木瓜和芋头，成了一种特殊的景观。

甲仙人与世无争，和天地同心，过着他们自己的岁月，一代一代地生活着。我登上高山，俯望甲仙镇，屋舍随意地散在山与谷的每个角落。人们悠闲地工作着——百年来，甲仙就是这样子，雨声之外，有生活的美。

形成一个新天地

大前年，南部横贯公路通车，公路局的大车子烟尘滚滚地跑到甲仙来，带来大批大批的观光客，也带来一些新的改变。在短短的日子里，甲仙中了魔法似的繁荣起来，开始有了商业城镇的气息，车如水、马如龙，很快成为南部横贯公路上一个重要的观光站。

可惜全世界的观光客是同一个面貌，都不懂得用心灵来看甲仙，他们只是用眼睛来随便看看，用嘴巴来吃一吃特产。

我到甲仙那一天，便看见一个观光团，有许多庸俗的男女在街上昂首阔步地走着，有的手里还提着录音机，播放着令人无法忍受的低俗的流行曲。我很不明白，他们带着录音机来山上观光，是抱着什么样的心理?

我站在一个卖芋头的店前面，一个浓妆艳抹的少女跑过来问我：

“头家，这些芋头一斤多少钱?”

“一斤一百元。”我说。

“哇！那么贵，比我们台北还贵。”

“台北人有钱，我们卖得比较贵。”

少女茫然地看着我，我唤出老板说："有台北的都市人要买你的芋头呢!"

少女羞红了脸，我也禁不住哑然失笑。

但是最让观光客们流连的是甲仙的山产，他们——那些自称美食者的人，络绎不绝地奔波而来。斑鸠、山鸡、松鼠、兔子、山猪、鹿、穿山甲、果子狸、猴子，甚至连台湾黑熊的肉，在这里都是以很便宜的价格出售的。光是以"山产"为号召的饭店就有十几家，全都以烘、蒸、煮、炒，或者炸这些大地自然生养的动物来满足远道而来的吃客。

一桌丰盛的山产酒席，消费在五千元左右，那些狼吞虎咽的观光客也许只需一个小时，就能吃掉甲仙镇用十年时间生养起来的动物了。

曾经有一位吃客嘴角流涎地告诉我，他几年前曾在甲仙吃过熊掌。

"熊掌，知道吗？中国的名菜。"

"知道，我知道，吃起来像橡皮一样吧？"

"没有没有，像海参一样，比海参有味道。"

我想到的不是熊掌的美味，而是快要绝迹的台湾黑熊。全台湾到底有几副黑熊掌呢？怪不得他要那么兴奋了。但是不要兴奋，现在甲仙也吃不到熊掌了。

野生动物的肉使甲仙渐渐富裕起来，甲仙的富裕却使野生动物逐渐绝迹——这是令人痛苦而辛酸的代价。

我欣见甲仙开拓了一片新天地，但是我也无法用吃熊掌的喜悦来肯定它的意义。

一群燕子被雨惊飞

骤雨的午后，我们走在街上，听着饭店的锅铲声，闻着飘来的阵阵肉香，为这小城巨幅的改变而吃惊。但是，走进街边小巷，看到那许多土块砌成的矮房、到处散着步的火鸡、嬉戏游耍的儿童，我们仍能体会到它稚拙的地方。我们上了山，远远俯望，参差罗列的屋宇更是叫我们惊异，在河、吊桥、山、芦苇的围绕下，它自成一个独立的格局，稳稳地坐落着，而前后两条公路正如它心脏上的血管。

可是，快速的改变，也使甲仙的乡村风格显得混乱。在偌大的自然中，它像在努力地挣扎。我们企图找到它过去的脉络与将来的路途，却感到迷惘。

对于甲仙，我们要如何使它有一个正确的走向呢？不是观光客的录音机，也不是熊掌的美味，而是用它本质的美。

我从甲仙山外的吊桥步行回来，淋了一身湿。雨后的天特别蓝，几只雨燕飞着，飞着，累了，便顿足敛翅，站在电线上休息，每只褐色的雨燕都仔细整理自己的羽毛，准备着下一次的飞翔。

人声笑语哗然，一群燕子被惊飞，在天空里毫无目的地旋飞。不知道为什么，我突然想起了甲仙的道路——它的质朴和观光的侵蚀正如两只高山上的褐雨燕，一起栖息在电线上，一旦风雨来临，它们便被惊飞，过后再回到电线上，若要再次到空中飞翔，总先要好好清理羽毛。

步步起清风

使人生不能自在的，是由于过去习气的绳子拉着我们团团转；使我们不能自由的，是情丝无法斩断。如果能回到脚下，一念不生，就自由自在了。

我很喜欢禅宗的一个公案——

五祖法演禅师门下有三个杰出的弟子，佛果克勤、佛鉴慧勤、佛眼清远，时人号称“三佛”。

有一天，法演带着三个弟子，在山下的凉亭夜话，回寺的时候，灯突然灭了。在黑暗中，法演叫每一位弟子说出自己的心境。

佛鉴说：“彩凤丹宵。”

佛眼说：“铁蛇横古路。”

佛果说：“看脚下！”

法演当场给佛果印可说：“将来传扬我的宗风只有你呀！”

后来，佛果克勤禅师果然宗风大盛。

我喜欢这个公案，首先是因为它直截了当。一个人在无灯的黑夜走路，不必思维，只要看脚下就好。

其次，我喜欢它的明白平常。简单的三个字，就说明了禅的根本精神是在站立的地方安身立命，没有比脚下更重要的地方了，因为一失足就成千古恨。

“看脚下”虽然如此简明易懂，却意味深长。六祖所说的“密在汝边”，祖师所说的“会心不远”，都是在说明真正美妙的心灵经验，不必到远处去追求。可惜大部分的人，都是舍弃了心灵的空地，去追求远处的境界，那就无法做到“即心是道场”，不能即刻点起已被风吹熄的烛火，继续前进。

不能看脚下的人，自然不能立定脚跟，这在禅宗里叫作“脚跟未点地”，也叫作“脚下生烟”，一个人的脚下如果生起烟雾，便无法落实真切的生命，就好像腾云驾雾地过着虚妄的生活。

有时候我到寺庙里参访，就会看见在门坎的柱子上或在容易跌倒的阶梯上，贴着“看脚下”三字，顿时心里一阵感动，有一种体贴之感，因为那时如果不看脚下，立刻就会跌倒了。

“看脚下”其实包括了禅宗几个重要的精神。

第一个精神是要活在当下，不活在过去与未来之中。人生的忧恼，大部分是来自过去习气的牵绊，以及对未来欲望的企图。如果时刻活在现前的一境，忧恼立即得到截断。例如喝茶的时候，如果专注于喝茶，不心思外驰，立刻可以得到专注之境。这不只是开悟的境界，一般人也可以领受和体验。

马祖道一禅师开悟以后，声名大噪，他未出家前结交的几位老朋友，对马祖的开悟半信半疑，于是相约一起去见马祖，并且沿路想一些问题去请教请教。

这几位农民出发不久，就看见一只老黄牛绑在大树上，鼻子穿了一根绳子。黄牛由于不能走远，就绕这棵树行走，最后鼻子碰在树上，又往反方向绕，越转越紧，鼻子又碰在树上了。

其中一位就说：“我们就拿这件事去请教马祖好了。”

再往前走不久，突然看见一只秋蝉飞来，脚跟被蜘蛛丝粘住了，飞不过去，心里一着急，“吱吱”大叫。蜘蛛看见秋蝉粘在树上，立刻赶过来要吃它，在这生死关头，秋蝉奋力一冲，“呼”一声，离开蛛丝飞走了。

其中一位说："我们再用这件事去请教马祖。"

最后，他们见到马祖。

第一位就问说："如何是团团转？"

"只因绳子不断。"

"绳子断了，又如何？"

"逍遥自在去也！"

马祖的老朋友听了都很吃惊：马祖明明没见到老牛，怎么知道我们问的是什么呢？

第二位又问："如何是'吱吱'叫？"

"因脚下有丝！"

"丝断了，又如何？"

"'呼'地飞去了！"

马祖的老朋友当下都得到了开启。

使人生不能自在的，是由于过去习气的绳子拉着我们团团转；使我们不能自由的，是情丝无法斩断。如果能回到脚下，一念不生，就自由自在了。

"看脚下"的第二个精神，是以平常心过日常生活。例如经常教人参“无”字公案的赵州禅师，每每对初来的人说“吃茶去！”“吃粥也未？”马祖道一说“吃饭时吃饭，睡觉时睡觉”，百丈怀海说“一日不作，一日不食”，都是在示人，以圆融的态度来过平常的生活，而不是去追求不着边际的开悟。

“看脚下”是以平等的态度来对待生活里的一切，不为某些特殊的目的而放弃对历程的深思与体验，在每一个朝夕，都能“不离当处湛然”，如果喝茶吃粥时有湛然清明的心，其尊贵至高并不逊于人间伟大的事功。

《六祖坛经》一开始就说：

于一切时中，念念自见，万法无滞，一真一切真，万境自如如。如如之心，即是真实。若如是见，即是无上菩提之自性也。

在每一刻的真实中，万法的真实即在其中，“掬水月在手，弄花香满衣”，“掬水”或“弄花”是平常而平等的，明月在手、花香满衣就变得十分自然。如果不能善待眼前的片刻，不就像以手捉月、舍花逐香吗？哪里可得呢？

“看脚下”的第三个精神，是以法为灯，以自为灯，去除依赖的心。

山中的烛火熄了，要照看自己的脚下，要以自己的眼睛和心灵为灯，小心地走路。

这个世界上虽有许多人可以告诉我们远处美丽的风景，却没有一个人能代替我们走茫茫的夜路。

只要点燃心中的灯，一心一意地生活下去，便可以展现充实的生命。

一般人无法见及生命的丰盈，不能免于恐惧，只缘于没有脚跟着地罢了。

我们的灯如果燃起，就可以照看到“看脚下”的最高境界，即云门禅师所说的“日日是好日”，不管晴、雨、悲、喜，身心都能安然，甚至连心痛的时刻，都能知道明日可能没有心痛之境而坦然欢喜。

“日日是好日”，表面上是“每天都是黄道吉日”的意思，但内在里更深切的意义是“不忧昨日，不期明日”，是有好的心来看待或喜或悲的今天，是有好的步伐去穿越每日的平路或荆棘，那种纯真、无染、坚实的脚步，不会被迷乱与动摇。

在喜乐的日子，风过而竹不留声；在无聊的日子，不风流处也风流；在苦恼的日子，灭却心头火自凉；在平凡的日子，有花有月有楼台——随处做主，立处皆真，因为日日是好日呀！

“看脚下”真是一句韵味深长的话，这是为什么从前把修行人走的路叫作“虎视牛行”——有老虎一样炯炯的眼神和牛一般坚实的步伐——也叫作“华严狮子”——每一步都留下深刻的脚印。

从远的看，人生行路苍茫，似乎要走很多的步幅；从近的看，生死之间短促，只是一步之间，在每一步里，脚底都有清凉的风，则每一步都不会错过。

那么，不管灯熄灯亮，不管风雨雷电，不管高山深谷，回来看脚下吧！脚下虽是方寸，方寸里自有乾坤。

一味

一味，不是生活里的柴米油盐，而是内心的会意。
一味，不是寻找一种优雅的生活，而是在散乱中自有坚持：在夏日，有凉爽的心；在冬天，有温暖的怀抱。

乌铁茶

一位朋友独自跑到木栅的观光茶区去经营茶园，取名为“乌铁茶区”。据说，他是接下了一个患病农民的茶园，原因是很想做出一些自己喜欢的茶，让自己喝了欢喜，朋友喝了也欢喜。

“你喜欢的茶是什么呢?”

“中国的两大名茶，一是乌龙，一是铁观音。乌龙清香，铁观音喉韵好，这两种茶是完全不同的。我在少年时代就常想，有没有可能使两味变成一味呢?就是把乌龙和铁观音的优点融合，消除它们的缺点，所以我把自己的茶园取名为‘乌铁茶园’。”

“使两味合成一味”可能只是朋友的理想，但他在实验的过程中，却创造了许多滋味甚美的茶；也由于有一个渴盼创造的心灵，他理想的茶虽未出现，但他对于人生、对于茶已经有了全新的体验。

他说：“当我心中有使乌龙与铁观音合一的愿望时，事实上那种茶已经完成了，虽然还没有做出来，但总有一天会做出来。”

我走在朋友种的井然有序的茶园里，看到洁白的小茶花，不禁想起禅师所说的“家舍即在途中”——当一个人往理想愿望迈进的时候，每一步历程其实都与目标无异，离开历程，目标也就不存在了。

问题是，历程的体验与目标的抵达虽是一味，由于人自心的纷扰，它就成为百味杂陈了。

一味，不是生活里的柴米油盐，而是内心的会意。

一味，不是寻找一种优雅的生活，而是在散乱中自有坚持：在夏日，有凉爽的心；在冬天，有温暖的怀抱。

生命里的任何事都没有特别的意义，在平凡中找到真实的人，就会发现每一段每一刻都有尊贵的意义。

雀舌鹰爪

经营茶园的朋友嫌现在的茶做得太粗，于是用手工采茶，用手工制茶，做出一种最好的茶，取名为“莲心茶”。

莲心茶只取茶最嫩的茶芽制成，一芽带两叶，卷曲有如莲子的心。

以茶芽制茶古已有之，《梦溪笔谈》说：“茶芽，古人谓之‘雀舌’、‘麦颗’，言其至嫩也。”《宣和北苑贡茶录》说：“凡茶芽数品，最上曰小芽，如雀舌鹰爪，以其劲直纤锐，故号芽茶；次曰中芽，乃一芽带一叶者，号一枪一旗；次曰紫芽，乃一芽带两叶者，号一枪两旗；其带三叶四叶者，皆渐老矣！”

莲心茶必须在春天气候晴和的早上去采，这时茶树吸收了昨夜的雾气，茶芽初发，一芽一芽地采下来。

朋友说，现在的农夫觉得这样采茶芽太费工了，不符合成本效益，使得雀舌鹰爪徒留其名，早已成为传说了。

“但是，最好的总要有人去做，纵使被看成傻子也是值得的。”朋友说。

是的，最好的总是要有人做，我为朋友那种真挚求好的态度感动了。

他每年只做几斤莲心茶，只卖给善饮茶的人，每人限购二两，他说："最好的茶只给会喝的人，但是不能太多，太多就不会珍惜了。"

法也是一样吧！这个世间有许许多多的法，法味都不错，但最好的总要有人去做，即使被看成傻子也是值得的。

体会茶的心

不过，做茶也不能一厢情愿，而要体会茶的心。

朋友有一种很好的茶，叫"月光茶"，是在春天的夜间，用探照灯照着采的。他打着探照灯在夜间采茶，会被茶山的人看成疯子。

他说："有一天，天气很热，我自己泡一壶茶喝，觉得茶里面还带着暑气。我心里想，如果在有露水的夜里采茶，茶在夜露的浸润下，茶树的心情一定很好，也就没有暑气了。"

想到就做，竟让他做出像"月光茶"这样的茶来，喝的时候仿佛看见月光下吐露着清凉的茶园，心胸为之一畅。想到"冻顶乌龙"之所以比"乌龙"好，那是因为终年生于云雾风霜的极冻之顶，好像能令人体会茶里那冰雪的心。

我们与茶互相体会，与人间的因缘也要互相体会。作为佛教徒的人时常会觉得高人一等，自以为是众生的母亲，但是反过来想，我们已经在轮回中受生无数次，一切众生必都会是我的母亲。这些在过去世中无数无量曾呵护、照顾、体贴、关爱过我们的母亲呀，如今就在我的四周。

一切的众生为了生活，得不停忙碌地工作；一切的众生为了呵护子女，要累积财富，以致他们没有时间全力修持佛法。但，不能修持佛法的母亲还是我最亲爱的母亲呀！我愿她们都拥有最美好的事物，也愿她们一切幸福。

如是思维，心遂有了月光的温柔与清凉。

不可轻轻估量

朋友来看我，知道我喜欢喝茶，都会带茶来送我，因此我喝到了许多未曾想过的茶。像桂花茶、紫罗兰茶、菩提叶茶都还是普通的，有人送我决明子茶、芭乐叶心茶、荔枝红、柚子茶等各种奇怪的加味茶。

今天，一位朋友带来一罐人参乌龙茶，听说是乌龙茶王加美国人参制造的，非常昂贵。我说："如果是很好的乌龙，就不会做成人参乌龙茶；如果是最好的人参，也不必做成人参乌龙茶。所以，所谓人参乌龙茶，应该都是次级的人参与次等的乌龙制造的。"

朋友听了哈哈大笑。

我说，这是实情，因为最好的茶不必加味，凡是加味者，都不是用最好的茶去做的。

朋友是来告诉我，某地又出现了一位新的禅师，某地又出现了一位新教主，某地又有一位高人宣称证得大圆满境界，以神通经验来号召，信徒趋之若鹜。

他问我："你看这是真的，还是假的?"

我说："你管他是真是假，我们只要照管自己的心就好了。"

他又问："为什么台湾近年来每年都会出现这样的人呢?"

我说："你觉得呢?"

"我觉得是社会竞争太厉害了。有一些人循正常的管道奋斗，不可能成功，最快成功的方法是自称教主、祖师，或证得某种境界，因为这既有名有利，也不需要时间和本钱，只要会演戏就好了，而且群众也无法去检验。就像我要和人做生意，总会先调查他的信用，过去的经验有迹可循，可是这社会上自称成就的人往往是无迹可循的。你认为我的看法怎样？”

“很好！”我说，“我还是觉得最好的茶是不用加味的，最好的法也是一样，对待加了许多味的法，与对待加了许多味的茶一样，要谨慎，不可轻轻估量！”

然后我们泡了一壶人参乌龙茶喝，不出所料，不是最好的茶叶，也不是最好的人参。

风格的芬芳

在南部六龟的深山里，有一种野生茶，近年已成为茶界乐道的茶。

野生茶，听说已生长百余年的时间，是日据时代，或是清朝种在深山里而被人遗忘的茶树，由于多年未采摘，长到有一层楼高。

野生茶的神奇就在于每一棵的茶味都不一样，有独特的风格。例如一棵有蜂蜜的味道，一棵有牛乳的味道，一棵有莲花香，这不是加味，是自然在茶叶中长成的。

因此，采野生茶的人要带许多小袋子，每一棵茶树采的装一袋，烘焙时也要每一棵分开，手工精制。这样费时费力做出来的茶，自然是价昂难求，有时有钱也买不到。

我在朋友家品尝野生茶，果然，每一棵都很不一样。我最喜欢带有莲花香的那一棵，喝的时候一直在寻思，为什么茶叶会自然长出莲花的香味呢？为什么会每一株茶的味道都自不同呢？

我想，一棵茶树在天地间成长壮大，在时空中屹立久了，自然会形成一种独特的风格，这风格不会妨碍它做一棵平常的茶树，但却有与一切茶树完全不同的芬芳。人也是如此，处于法味久了，自然形成风格，这风格不会使他异于常人，但会使他在人间散放不同的芳香。

寒天饮茶知味在

与懂茶的人喝茶，有时候也挺累人，因为到后来，只是在谈对于茶的心得，很少真的用心喝茶，用的都是舌头。

有一天，一位素来被认为会喝茶的朋友来访，我边泡茶边说："今天我们可不可以完全不谈茶的心得，只喝茶？"

朋友呆住了，说："我光喝茶，不谈茶，会很难过的。"

我说："我们过于讲究茶道而喝茶，会忘记喝茶最根本的意义。喝茶，第一是要解渴，第二是兴趣，第三是有好心情，第四是有好朋友来，对茶的研究反而是最末节的了。"

然后，我们坐下来，喝茶！

那时候觉得赵州的"吃茶去"讲得真好。

雪夜观灯知风在，寒天饮茶知味在。除了专心喝茶，我们并不做什么。喝了几盏茶之后，朋友说："今天真好，我现在知道茶不是用舌头喝的了。"

我想起法眼文益禅师被一位学生问："师父，什么是人生之道？"

他说："第一是叫你去行，第二也是叫你去行。"

是的，什么是饮茶之道？第一是叫你去喝，第二也是叫你去喝。

什么是佛法之道？第一是叫你去实践，第二也是叫你去实践。

"有没有第三呢？"朋友说。

"有的，第三是叫你行过了放下！"

这金黄色的茶汤呀！这人生之河的苦汁呀！这中边皆甜的法味呀！

一味万味，味味一味。

喝时生其心，喝完时应无所住，如是如是。

四草用静默来洗涤我们，让我们像那洁净的盐一样，永远在阳光下发亮；就算风雨来临，把我们溶尽，我们也能在另一个阳光的日子里变得洁白晶亮。

吃生蚵配米酒

冬日，我独自到台南四草地区的海岸去。

由于朔风野大，渔民都犹豫着是不是要出海，有些渔民坐在矮小的屋棚前晒太阳，养蚵的人则撑出他们小小的塑料筏到海边采蚵。

那是午后，大海闪着金黄色的波光，明亮的阳光穿透海风照在海面上，映现出长长短短的撑蚵的杆子，有一种格外的奇趣。

男人们用手在海中捞起一串串的蚵，放在塑料筏后面的篮子里载运回岸；女人们则蹲在岸边用短利的小刀剖开蚵壳，将新鲜透明的蚵放在小篮中，准备运往市集出售。

男人撑筏捞蚵和妇女忙碌剥蚵，都是非常美的姿势。我坐在海边，被那一幕幕美的景象吸引得出神了。我想，住在海边的人永远不可能放弃他们的大海。在许多角落里，我遇见过捕鱼的、养蚵的、养蛤的，还有晒盐的、做鱼塭的，我能深深感受到大海给他们的力量。那变幻莫测的海洋，是他们世世代代生生不息的徜徉之所。

在四草，我住了好多天。我爱四草，不仅因为这里的人民勤劳向上，也不是因为这里的天特别蓝、海格外亮，而是因为它几百年来维系着一脉精神——与自然环境抗争，一直到和谐，他们持着这股精神才不致失去为人的本色。

正在我出神的时候，一位年老的渔民过来搭我的肩膀，他的左手端着一碟酱油，上面有细白的姜丝和绿油油的芥末，他说："少年仔，来一起吃青蚵啦!"

我便和蚵民们围着刚刚剖开的、新鲜透明的、好似还喘着气的生蚵吃将起来。一边吃生蚵，一边喝米酒，这实在是一种美好的经验。我从来不知道生蚵那样美味，它有一种特别的甘甜，尤其是在海边吃，那股甘甜像是从辛劳的生活里流出来的。

老渔民的儿子多喝了两杯，热切地邀我划酒拳，他说：“你不要看我们住在这个落后的海边，这种吃生蚵配米酒的享受，可是都市人没有的。”

然后他就一直叫我吃生蚵：“少年人，多吃一点生蚵不错，补肾呢！都市人一天到晚吃补肾丸，败肾的人还是一大堆，我们这一带就一个都没有！”他拍拍他爸爸的肩说，“你看我阿爸，七十多了，还勇健得像少年郎哩！”

老渔民因儿子的这句话乐得眼睛笑成了一条缝：“时间到了，你不载蚵仔去市里，赶不上市了！”

我们又干了几杯，中年渔民才把蚵仔放在摩托车后座上，往海边小路开去。我看着堆满海岸的蚵仔壳，心想，再辛苦的生活都自有它的乐趣吧！

当我问起蚵仔的价钱，老渔民笑呵呵地说：“一斤四十元，好的时候五六十元，爱吃蚵的人多，饲不够卖哦。”

我在渔民的盛情下，在四草天天喝米酒、吃生蚵。白日里，或看成群的白鹭鸶栖息、飞翔，或遥望对岸的安平古堡静静地伫立；夜晚，或在海边散步，看银色的月光遍洒，或在陋屋的小灯下教渔民的孩子读书认字。我能感受到，淳朴的渔民都有一颗炽热的心，在美丽的海岸散放着光泽。

我离开四草以后，时常想起那一群可爱的朋友。

走到海天一色的地方

到四草去是一个偶然的机缘。

有一次，和台南市长苏南成喝酒聊天，他谈到对四草的计划，指着他桌上的地图说："将来的四草地区要辟建成民俗村，预算三十亿元，希望把四草地区治理成台湾最具规模的民俗村！"

后来，我就带着苏南成市长对四草的许诺到四草地区去，私心里也很希望能看看这个已被选定为"民俗村"的地区是什么面貌，更希望在它还没有改变之前去看看它的原貌。

从台南市中心到四草，只有半小时的车程。出了台南市，空气好像突然间变得明净了，从两旁车窗飘进来的都是野草的香味。外边都是稻田，绿色的大地上，木麻黄夹道；远方是泼墨般的天色，被蔚蓝渲染得一尘不染。

愈走愈远，愈走愈深，最后就走到海与天连成一色的地方了。

沿路上，景色变化多端。原以为左边是塭场，回头看看右边，再转过头的时候，却发现是盐田，白色的盐在阳光下闪闪亮。我以为两边不是塭场就是盐田了，结果看见远远的地方，有一对小儿女趴在木架上踩水车，近处几个小孩子拿着小网在捞海边的游鱼。

四草的景观令我吃惊，它壮阔明朗，往四野一望，仿佛都在无尽的远处。人烟很少，要隔很长的距离才会看到一个人。可是不管往哪边看，都有人在海边工作。除了风声，听不到任何声音，但是随便往路边一站，青蛙跳水的声音、小鱼游水的声音、鹭鸶踩水的声音，几乎都清晰可闻。

那地方，颜色、声音都很简单，而在简单里却有各种微妙的节奏在响动。

我在四草那一条新筑成的平坦的柏油马路上漫步，用眼睛看，用耳朵听。我相信，任何有一颗干净心灵的人到四草来，都会马上爱上这个地方。四草用静默来洗涤我们，让我们像那洁净的盐一样，永远在阳光下发亮；就算风雨来临，把我们溶尽，我们也能在另一个阳光的日子里变得洁白晶亮。

一个沧桑的近代史伤口

在四草的海边，我认识了一位渔民，他一面养蚵，一面捕鱼，世代在海边居住。我说我想在四草住几天，他一口答应了，唯一的条件是："我的两个儿子现在放寒假，一天到晚不知道野到哪里去，寒假作业都不写，你教他们写作业吧？"

渔民的两个儿子，一个读四年级，一个读二年级，身体健壮，冬天里都只穿一件单衫。或许是被海风吹久了，他们的皮肤都黑得发亮。第一夜，我们讨论"鸡兔同笼"问题时算得头昏脑胀，我说："管他兔子有几只脚，鸡有几只脚！我们到海边去玩吧！"就这样，我们很快就混得很熟了，大小子陈水来指着海边告诉我，他们常在那里捉鱼、游泳，有时也随父亲撑着小筏去采蚵，他的小脸蛋闪着兴奋的光彩。

生活在大自然里的孩子是多么幸福啊！他们在戏耍中学到了许多课本上学不到的东西，譬如一个最简单的事实——许多都市里的大人都还不知道蚵是从壳子中挖出来的呢！当然，他们学到的最重要的东西是"生活"，从很小的时候起，他们就了解了生活是一种实实在在的工作，绝没有侥幸可言。

第二天，兄弟俩带我到四草国小去，那是一个“迷你国小”，只有两排双层的洋房当教室，有一个大操场，最特别的是操场前面就是有名的“四草炮台”。

在时间的侵蚀中，炮台已经遗失了原来的十三尊大炮，只剩下十三个空的炮墩，国小的孩子们在其中戏耍。唯一可以帮助我们辨认这个建于清朝道光年间古迹的，是一块建造于一九五六年的石碑，上面用楷书写了“镇海城”三个大字。

炮墩的上方不知何年何日长出了高大的榕树，几乎遮蔽了整个炮台，只能从叶子的空隙中看到蓝色的天空。榕树的根扎在炮墩的石头上，好似一条褐色的盘龙。

炮墩成了四草国小的天然围墙，外面是一大片长满了蔓草的野地，再往外是大海，再往远处看则是亿载金城和安平古堡，正好夹持着海口。

从四草炮台，我们可以感知清朝末年起的百年中国近代史。它是一个沧桑的伤口，里面写满了中国人力图自强自救的辛酸心声。炮台虽小，当你用胸口贴着它时，你却能感受到一股强大的脉搏在跳动。

我问陈水来、陈水生兄弟知不知道炮台的故事，他们齐声说："知道，是用来打阿凸仔的。"这时，正好有几位小孩子在炮台下面玩"官兵捉强盗"，"乒乓乒乓"地呼叫着。我想，生活在这一代的中国人是多么幸运呀！

后来，我们在国小的操场上玩了一个下午的排球，有时候球被打到炮台上去，只跳两跳就静止了——这一个以"四草炮台"命名的小村落，几百年来也是一样，在时间之流中，仿佛一切都是静止的。

人是这么渺小无告

接连几天，有时候，我和孩子们到盐田上踩水车，把海水一升一升地打到盐田里，至于制盐的工作就留给阳光了；有时候，我和他们划着小筏到蚵田中捞蚵——蚵是用一根根的竹竿"种"在海边的，把空的蚵壳系在竹竿上，活生生的蚵就会一颗颗晶莹地长出来了。

生命原是如此奇妙，它永远在我们看不见的地方生发。

我也与兄弟俩的父亲去捕乌鱼。乌鱼是老天在冬季的凉寒中送给渔民的礼物，它们随着冬季的暖流从海底流过来。渔民用一条十六马力的小船和一张网捕捉它们，运气好的时候，一天有几万元的收入。

乌鱼并不是贵在鱼，而是贵在乌鱼子——即使在渔村中，乌鱼子也是相当不容易吃到的。渔民舍不得吃如此昂贵的东西，便把乌鱼子全部卖给不知海上风浪大的都市人了。近几年来，不仅母乌鱼昂贵，连公乌鱼都身价百倍，因为有许多人迷信乌鱼鳔能补肾。乌鱼鳔洁白柔软，如嫩豆腐一般，渔民用大葱、酱油随便一炒，就是一道令人齿缝留香的美味。

在湛蓝的天空和大海上，渔民捕鱼的身姿恒常美丽。每次捕到活蹦乱跳的乌鱼，渔民们都会绽放出笑脸。有个渔民告诉我："说起来好玩，冬天要是运气好，捕一天的乌鱼就能胜过种一个月的蚵仔！"

乌鱼市场更是热闹非凡，来自各地的商人在叫价，议价之后马上把乌鱼开膛破肚，取出鱼子和鱼鳔。鱼鳔求新鲜，需要马上用货车运往市区；鱼子则要干制，妇女们都有一双巧手，能熟练地取出鱼子而使卵膜不破裂，光是掏乌鱼子一天也有几百元的收入。

当然，到任何一个地方去，要想体会其本质，最简单的方法是去探知当地的庙宇。于是，我去参观四草的庙宇。

那个保佑渔民出海平安的庙宇虽小，但整洁干净，又面对大海，显出一种豪壮的风味。它有两百多年的历史，又有不凡的古风。

庙中收藏着许多有几百年历史的古墓碑，庙后的榕阴下是一个大古墓。庙祝告诉我，那里面长眠着许多随郑成功来台的部将，也就是我们台湾人的祖先，另一边是一个荷兰人留下来的墓。两座古墓，一东一西，风格不同，十分有趣。

我看到墓旁堆了许多清朝的古瓮，就问庙祝："这是谁的?"

他说："没有人的。"

我说："送给我一个吧?"

他笑笑说："那是用来装死人骨灰的，有灵魂在，带回家恐怕不吉利。"

我哑然失笑。

人死后真有灵魂，这灵魂竟长据着一口古瓮，人的渺小无告，我体会深刻了。

在四草的时候，正好有野台戏演出。由于正是渔民忙着捕鱼的时节，戏台前竟冷清得很，只有两三个小孩在台柱下戏耍，但演戏的人并不懈怠，还是卖力地演出——他们正是演给安坐在庙中的神明观赏的——人的渺小辛苦，在此又得一例证。

盖头下只有一个选择

四草的日子是我生命中一段可贵的经验，我体会到了渔民的辛劳与欢乐，他们的生活很简单，但是没有什么保障。

要如何改善渔民的生活呢?

意气昂扬的老渔民也想不出好方法，被我问得急了，他说："一代一代过下去吧!"然后他拄着拐杖站挺了，叫我为他拍一张照片。

拍完照，我在海边坐了一个下午。那种感觉，就像面对一位窕窈的乡村少女，要掀起她的盖头时，我们难免会犹豫，因为我们都面临了一个选择：美或丑，可爱或庸俗，高兴或失望。有时候，那种选择只在一念之间，说也说不清楚。

芳香百里馨

也唯有在完全的漆黑中，我们才会发现大地即使在黑夜里也会自然发光，天空中月光星光交织，大海上波光潋滟，还有满天飞舞的萤火虫。

我们坐在百里馨岛上唯一的餐厅里，叫了一杯椰子水，等了半个多小时还没有送来，我跑到柜台询问，掌柜的菲律宾青年指指门外，一径地傻笑着。

我不明所以，跑到门外，看见刚刚的那一位侍者正抱在椰子树的顶端上采椰子。不，不能说是采椰子，而是砍椰子。他用一把长刀，“啪”一声把一串椰子砍下来，椰子便“噼噼啪啪”地落在草地上了。侍者从椰子树上爬下来，看到我站在树下，咧开嘴，笑嘻嘻的。

接着，他用砍椰子的长刀，把椰子壳凿了一个洞，插上一支吸管，直接从椰子树下端到我们的桌上。

我喝着刚从树上砍下的椰子水，算算时间已经快一个小时，心里想着：“好险呀！幸好椰子树就种在餐厅门口，如果是种在几百公尺以外，等他采来，岂不是就天黑了！”

菲律宾人天生慢动作，说好听一点是从容，说难听一点是懒散，其实是他们生性单纯，所求不多，特别是远离马尼拉四十分钟机程的百里馨岛，人们的心性之单纯，超乎了我们的想象。

例如，假若有五个人一起进餐厅，一人叫椰子水，一人叫柳橙汁，一人叫苹果汁，一人叫可乐，一人叫杧果汁，那侍者立刻就呆若木鸡，因为光是背下这五种不同果汁的名字，对他来说就太复杂了。

我对朋友说：“我们别整他了，如果再加上一杯咖啡、一杯红茶、一个冰激凌，他可能立刻就昏倒在地上了。”

那可怎么办呢？先点一杯椰子水，等他端来了，说：“再来一杯柳橙汁。”如是者五，他一趟一趟地来回走，不会算错，也不会造成负担。反正是在岛上，谁在乎时间呢？一步一步来也不会有什么事。

旅馆部的侍者也是很单纯的，他们常常坐在海边用椰子树干和树叶搭成的凉亭里聊天，只要有人从房间出来，他们就会微笑地走过来问：“有什么事吗？”因为岛上的房间没有电话，一切都要面对面相询。

如果你摇摇头说："没事。"然后到海岸散步，他看你走远了，就径自进去帮你收拾房间。因此每次出门回来，房子里总是窗明几净的，算一算，他一天里总要来收拾四五趟。一直到晚上，他为你提来一壶开水，然后亲切相问："还有什么事吗？"你说："没事。"他微笑，鞠躬，告退，一天的服务才告落幕。这种像是一家人一样亲切的服务，即使是五星级的大饭店也没有。

生活在百里馨岛，时间和空间几乎都是静止的。在时间上，没有开始，也没有结束，岛民的生活日复一日，像一条绳子一样向前拉去。我们想起了古老民族的结绳记事，岛民的生活变化小到就像时大时小的绳结。在空间上，百里馨岛小到只要半日就可以绕岛一圈，居民总共只有八百人，没有电视、没有报纸、没有信息，甚至没有电，与外界的联系只有小飞机和渔船，它与整个世界是完全隔绝的。如果这个世界在一夜之间消失，百里馨人也不会知道，或者如果百里馨一夜沉没，世界也不会知道吧。

百里馨人出生在这个世界，以蓝天、大海、椰林为家，他们自给自足，既不需要欲求，也没有什么渴望，只是如实地单纯地生活着。他们不需要知道菲律宾，也不需要向往马尼拉。

我问过带我们到海上观光的中年渔夫，他这辈子还没有离开过百里馨，原因是，驾渔船到任何一个其他的岛都太远了。因为没有离开的欲望，生活就变得十分纯粹了。

像百里馨，一年只有两季，一季是干季，一季是湿季。不论干湿，气温都是十分宜人的，只要有一条短裤，几乎就可以过一辈子。有很多孩子，甚至整年赤身露体在岛上跑来跑去，衣饰是没有什么需要的。

食物更简单，地上有终年不缺的椰子和香蕉，海上只要出海就有鱼获，一个上午捕的鱼，几天也吃不完。椰子林中有山蟹，一个晚上就可以捉到一桶，全都不需要购买。房子那就更简单了，椰子树当建材，几人合力，一天就可以盖一幢屋子。

当然，住在这里的人也有生老病死。死了，岛上的人也不哀伤，把他抬到可以涉水而过的“死亡之岛”，草草埋了，生不带来，死不带去，与天地同生，与草木并朽。从百里馨看“死亡之岛”，林木苍苍，应该也是净土的所在吧!

除了文明之外，百里馨什么都具备了。我们在文明中生活的人，很难想象没有信息、没有电、没有电话的生活是什么滋味，但这种困惑，百里馨人是不会有的。

说百里馨没有电也不确实，百里馨岛到了夜晚自备火力发电机，从晚上六点半到深夜十一点半发电，夜里的百里馨灯火通明，小路上都是一串串的灯泡，使人有宁馨安逸之感。到了十一点半，全岛陷入一片漆黑，极适合坐在海边沉思。

也唯有在完全的漆黑中，我们才会发现大地即使在黑夜里也会自然发光，天空中月光星光交织，大海上波光潋滟，还有满天飞舞的萤火虫。萤火虫数量之多超过人的想象，有很多树因为停满了萤火虫，变成一棵棵“萤火树”，美极了。

我们曾在夜里随当地的住民到山林间去捉山蟹，他们提着煤油灯，手脚敏捷，一个夜晚就能捕到一桶山蟹，有时在路边也能捡到山蟹，只只都有手掌大。我也曾在夜里带孩子在海边散步，捡寄居蟹，有一次竟然在海边捡到一只章鱼，活的，拍了照片之后就把它放生了。可知在黑暗之中，大地是充满生机的。

白天，百里馨被晨光唤起时最美，由于昨夜的涨潮在清晨退去，整个白沙海岸布满了美丽的贝壳。星星是天上的贝壳，贝壳则是海岸的星星。我曾花了一个上午的时间，带孩子绕着海岸捡贝壳，晶白的、宝蓝的、玄黑的、粉红的、鹅黄的，各形各色的贝壳，在捡的时候使我感伤：在台湾也有很多海岸呀，贝壳到底是哪里去了？

百里馨是一个自主的王国，岛主是华裔的菲律宾人，听说他花了近二十年的时间来治理和经营这个岛。全岛为椰子树和花草所覆盖，整个是一座花园，甚至找不到一个石头。更难以想象的是，岛上有很多雅致的别墅，有一座高尔夫球场、一个设备完善的游泳池、一个巨大洁净的餐厅。这么现代的设备是为了招待极少数有缘在百里馨度假的观光客。

因为担心旅游质量遭到破坏，每次只招待廿五个客人，正好坐两架小型的飞机，一下飞机就完全与世界隔离，甚至一切消费都不付现，而是用记账的方式。岛上唯一的商店，只有三坪[1]大，只卖泳衣、汗衫和贝壳，恐怕这是世界上最不商业化的观光区了。我们一家三口在百里馨住了三天，除去吃住，结账时总共花了二十五美金。

为了与岛民分界，岛主在百里馨岛的中间画了一条线，规定岛民除了旅馆部的工作人员，不可超过那条线。岛主的规定有如圣旨，因

① 坪：土地或房屋面积单位，1 坪约合 3.3 平方米。

此住在百里馨的观光客如果不到岛的另一边，根本看不到一个住民。我们曾到岛的另一边去，印象深刻的是有一间小学、一间天主教教堂，还有一家椰子油工厂，居民的住屋架高而通风，有点像兰屿的民居。

居住在花草、椰子树与大海岸边的岛民，可能并不知道在这个普受污染的世界，他们是住在一片净土之上。我记得刚下飞机的那一刻，有许多同伴异口同声地惊呼：这简直是传说中的极乐世界！

听说我们是第二批到达百里馨的中国旅客，对于一向以采购著名的中国旅行团，百里馨还是一片处女之地。

第三天要挥别百里馨的时候，所有的人都有不舍之情。时间并未静止，空间也并未静止，如果生命里这样的日子有三个月不知道有多好！孩子听到我的感叹，提醒我说："三个月就会很无聊了。"对呀！我们这些被文明、繁荣、匆忙所宰制的人，已经没有单纯过活的心了。

登上飞机的那一刹那，我以深呼吸来告别百里馨，我闻到空气中有一种单纯、清净的芬芳，这样的空气，我们在台北已经许久没有闻到了。这时，我想起，百里馨的原文是 Balesin Island，第一个把它翻译成中文的人是个天才！

在飞机上，带我们去百里馨的导游小谭说，菲律宾共有七千一百多个岛，有两千多个岛没有名称，有三千多个岛无人居住，菲律宾政府财政困难，大部分的岛都是可以出售的。

“怎么样？到菲律宾来买个岛吧？”小谭说。

我心里想，拥有一个真实的岛可能是艰难的，但在心里有一个岛，有大海、有花草、有椰影、有萤火、有蓝天，不受污染，那也就很好了。

因此我没有回答，带着我心里的岛飞越大海，告别了百里馨。

不敢回头看牵牛

他们并没有倒下去，还想在自己的农田中站立起来。正如这首歌唱的一样，维系他们生命力量的，只是一颗质朴、单纯、刚强、奋力的血淋淋的心。

噬人肌骨的乌脚病

走进这一栋苍白的两层楼建筑，从玻璃窗往外望，一片未耕耘的田地里长满了零乱粗糙的杂草，一头结束了工作的老牛正在草丛里缓慢地踱步，时而仰起头来，细细地享受着草的香气。

更远的地方，一堆堆鲜白的盐若隐若现，几个盐农像黑点一般在白盐堆里辛苦地工作。那样远眺，他们正如蚂蚁一样渺小，伸出与生活苦斗的触角。

再远的地方，就是海了。我看不见海，但我确知海就在那里，惊涛正拍着岸边，传来细微但可辨的波浪的声息。

就在这充满颜色与声音的大地上，我的背后却是一片死寂。有两个没有了小腿的中年汉子在那里有一搭没一搭地叹气，另一个只剩一条绑着纱布的腿的老妇人则闭着眼睛坐在轮椅上歇息。午后的阳光正好从窗外爬到他们腿上，明暗的对比竟是那样决然，没有丝毫商量的余地。顺着中间的甬道，我往阳光射不到的地方走进去。两边的病床一个挨着一个延伸过去。缺腿的，没有脚掌的，脚趾头被整齐切平的……病人们皱着眉头慵懒地躺着，一、二、三、四、五、六……天啊，有十六个残缺不全的病人无声地躺着。

病房是白的，病床是白的，白色在病房里横冲直撞地泛滥着，墙上开着一列大窗，是午后阳光正强的时候，屋里却没有光，因为厚重的窗帘把阳光无情地挡在外边。屋里窒闷得叫人喘不过气，病人对我视而不见，丝毫不改变原来的姿势。

“为什么不把窗帘拉开呢?”我问。

没有人回答我。

我拿起放在墙角的一支老藤拐杖，猛然将窗帘拉开，“唰”一声，阳光整个儿扑跌进来。没想到那光使整个病房震荡了，所有的病人都翻身坐起，用双手紧紧遮住双眼，有几个开始痛苦地呻吟。

屋内仍是无言，屋外仍是灿然的阳光。

我诧然地愣在原地，正寻思间，一位年轻的护士冲了进来，着急地喊道："你干什么！"她迅速抢过我手中的拐杖，把偏在一边的窗帘一寸一寸拉上，回转头来用美丽的大眼睛瞪视着我，斥责道："谁叫你把窗帘拉开的！"

"我只是想要让阳光进来罢了，屋里太闷了。"看到她惊怒的表情，我不知为什么突然颓丧起来。

"你不知道他们这种病是不能受到阳光照射的吗？"

"为什么？"

"乌脚病是血液循环引起的病，他们只有在摄氏二十五度的温度中才会感觉比较舒适。太热的阳光使他们的血液循环加速，会刺痛；太冷的天气使他们的血液循环困难，也会刺痛。你没看见阳光一进来，他们都开始呻吟了吗？"

护士小姐的话狠狠地刺伤了我。天底下为什么有这么诡异而苦痛的病呢？如果一年的气温都是二十五度就好了，我想着。然后我看到病人无助地望着我，眼神一片茫然。护士小姐不理我，开始一一安慰刚刚被我的鲁莽动作伤害的病患。

我颓然无言地跌坐在病床旁边的椅子上。

想要探索乌脚病，仿佛在冥冥中有一种神奇的指引。

有一天我在豆浆店里买了一个烧饼和一根油条，用一张旧报纸包着。回到家，我一面吃烧饼，一面无意地翻阅旧报纸，忽然有几行字从报纸上跳出来："从日据时代到一九七六年年底，共有一千六百多人得乌脚病，最小的病人只有两岁，最大的病人发病年龄是八十七岁。"

那则新闻接着说，这是一种从未治愈过的病，患者必然要经历的过程是先切掉脚掌，然后切掉小腿，然后切掉大腿，然后……旧报纸说："乌脚病是本省最大、最无情的分尸案凶手。"

再下去，报纸就没有消息了。

烧饼吃到一半，我再也咽不下去了。想我平日也跑过不少地方，为什么从来没有发现那一个僻静的地方呢？一个个被锯掉双腿的影像在我的脑中涌动，一千六百多人被"分尸"，这并不是小数目，不知道社会上有哪些人关怀过他们？

管他的！

人世上生生死死的事不知道有多少，乌脚病远得像天上的云一样，这样想着，我就安心不少，翻身睡去。

第二天一早起来，我坐在沙发上看当天的报纸，没想到乌脚病又跳出来了，报上的标题是：乌脚病区供应自来水，普及率已达九成，鼓励申请供水，政府给予补助。

几个月前的旧报纸是“乌脚病”，今天的新报纸又是“乌脚病”，真巧。我再仔细地阅读那一则新闻：“省自来水公司董事长林清辉、总经理陈濂泉昨日一致表示，覆盖本省被列入乌脚病区的五县市六十个乡镇的饮水改善计划，已完成百分之九十，乌脚病区内居民饮水卫生即可获得改善。”

林董事长等人又说，乌脚病区的饮水改善后，已使患病人数减少，初次发病的患者平均年龄提高，最为显著的效果是，供水后未再发现新生儿病例。云林、嘉义、台南等五县市六十个乡镇，多达二百三十万乌脚病患者受益。

受乌脚病威胁的地区竟然多达六十个乡镇，人口达二百三十万！这是一个多么可怕的字啊！幸而供应自来水了，或许我应该去看看，等有空路过时转去一探究竟，应该不会太迟。我收好报纸去上班。

到了办公室，桌上放着一本刚寄来的新杂志，一翻开，赫然又是“乌脚病”。

杂志上说：“乌脚病在这些地方流行二三十年了，目前患者已经逐渐减少。但正如跷跷板一样，压低了一端，另一端就升起来了，当乌脚病患者慢慢减少时，另一种疾病——膀胱癌却日渐增多。就像当年乌脚病看上这块地区一样，一个病例、两个病例……慢慢地滋生，现在膀胱癌也不声不响地壮大着它的声势。”“目前在台南市开诊所的叶明道医师指出，他所接触的膀胱癌病人约有百分之九十来自乌脚病流行区，比例高得吓人。”

乌脚病是一种具有魔法的病吗？怎么二十四小时内就在我生活的四周冒出来了？

第二天清晨，我搭上火车往乌脚病地区出发。在火车上，我一方面急切地想要去探望那些患病的人，一方面又怯于去面对这些与我生长在同一块土地上的、在过去我却完全不知的无告的同胞。

打拼六十年，不向乌脚病认输

就在我坐的椅子旁边，一位老人正无神地望着空中。他的头发全白了，衣襟向两边敞开，露出黑而瘦的胸膛，他穿着短裤，左腿被切去一半，右腿被切去脚掌，上面还裹着一层厚厚的纱布。我把椅子移到他面前，他视而不见。

“老阿伯，老阿伯。”我轻声地叫他，也没有动静。

“他眼睛瞎了，耳朵聋听，你这样叫，他听不见的。”护士小姐走过来摇他，大声喊叫，“阿伯仔，有人要和你说话啦！”

他猛然惊觉，右手摸索着搭在我的左肩，说：“哦，哦。”

我便开始大声吼叫着附在他耳朵上和他交谈。老人告诉我，他今年已经七十四岁了，是嘉义县布袋镇的人，五年前病发转到乌脚病防治中心求治，一只好端端的左腿从大腿中央锯掉了，拄着拐杖回到家乡。三年前不知道为什么瞎了双眼，耳朵也听不大清了。今年春天右腿又病发，回到防治中心锯腿，他说：“这一只是上个月才锯掉的。”

“你以前是做什么的？”

“我卡早是伐木材的工人，在阿里山砍木材，你看，”他突然撩起右手的衣服，将右臂弯起，露出结实的上臂肌，“我未得这个魔鬼病时是很勇健的。”

“你现在还是勇健的。”我咬牙说。

“不行啦，跟了我七十年的脚都没了，还有什么好讲的。”

睡在他旁边的中年病人低声说：“我如果像他这样，又聋又瞎，还没有腿，岁数又大，老早就自杀了。”

没想到这句低声的话，老人竟听到了，他愤愤地说：“死？哪有这么快？打拼六十年，碰到这个魔鬼也不能认输！”老人马上变得坚强起来，他告诉我，他要让子孙看看，他到老了也不认输，永不认输。

“少年仔，不能认输，一认输，生命就给它收去了。”他激愤地张合着嘴唇。

我想，老人只是人世间一个平凡的人，就像大草原中的一株草，有一天草尖被牛啃去了，草茎又被啃去了，但是不肯就那样枯萎，还要挣扎着活下去。

和老人交谈，我的喉咙沙哑了。病房里的人都苦着脸听我们的谈话，在我的左侧不远处有一位老妇，她坐直了身子倾听着，不时摇头叹气。我把椅子向老妇的床位移过去，她很本能地向墙侧退缩蠕动着，显出十分畏惧的样子。

老妇的头发梳得很光洁，她穿着深灰色碎花洋装，露出两截短短的已结疤的大腿。她慌张地用手扯着洋装，企图把已锯掉的大腿掩盖起来，我却反而更清楚地看见了她大腿锯断处的青青蓝蓝的疤痕。

“阿婆仔，可以和你谈谈吗?”

“唉!”她终于放下一直扯着裙角的双手，软弱地说，“歹命人，如果不是想子孙，老早就死了。”

“你有几个子孙?”

“两个儿子，一个女儿，八个孙子。”

“他们在做什么?”

“女儿早就嫁了，大儿子在开西药房，小儿子在台北工厂里，他们常常来看我。我最大的孙女就快要出嫁了。幸好，他们都康健，没有染到我这种活不活、死不死的病。”

谈到子孙，老妇比较平静了，她愁苦忧郁的脸上也显出一些神采。

老妇是嘉义县义竹乡人，在很年轻的时候，丈夫就离她远去了，她为人洗衣、烧饭、做杂活，独力养育三个幼儿长大受教育，一心盼着老年的时候可以享受儿女的孝顺，好好安享天年，没想到六十岁的时候得了乌脚病。

“起先只是抽着抽着痛，慢慢的，脚就麻木了，脚掌发黑，根本没有办法走路。一来这里，他们就说要锯掉，我吓死了，我不要锯，可是痛得受不了。一锯，就锯到大腿了，这个病真是恶哦！”老妇的眼睛红了。

“你不知道，睁眼一摸，两只腿跑掉了，真不是滋味。”

老妇的眼泪掉了下来，她不断地拭着泪眼。我感到鼻酸，几乎无法再继续访问。

这是原罪吗？

乌脚病防治中心设在北门盐田不远处，占地约二甲[①]，建筑物大约一千五百平方公尺，是一座洁白整净的西式二层洋房。光看外表，很难想象它内部令人血泪翻滚的景象，住在里面的人，不是缺腿就是

① 甲：台湾地区农民用于计算田地面积的单位，1 甲约合 0.9699 公顷。

断手，难以见到一个完整的人。一位工作人员告诉我："基督教诊所的人说这是'原罪'，可是这些人是无辜的老实人呀！"

我找到中心主任周瑞祥，请教他乌脚病的患因。他说，真正的病因还不能确知，目前的研究结果是水中的含砷量过高，经过长期积累潜伏，变成慢性砷中毒，引起皮肤变化，包括皮肤癌、角化病、动脉闭塞、色素沉淀过多等症状，属于一种末梢血管疾病。

"为什么别的地方不发生，单单这个地区发生乌脚病呢？"

"因为布袋、义竹、学甲、北门这一带地方，浅水的盐分过高，无法饮用，人们只好凿五十丈以上的深井，取用饮水，加上地质关系，这里的地下水含砷量在每公升 0.4 毫克到 0.6 毫克之间，而国际上的安全标准是 0.05 毫克。砷是有毒的，初步证明它就是乌脚病的患因。"

"过去治疗的情形如何？"

"到目前为止，乌脚病还是不治之症，重者死亡，轻者切除患部，但切除后并不表示不再受侵袭，有的患者几年就要切除好几次。既然没有有效的医治方法，最好的方式就是防止它发生。"

"要如何防止呢？"

"要废除深井，尽量供应自来水，这是最急、最初步的方法。"

周主任还说，防治中心每年的预算高达一千余万元，患者除了住院、开刀、治疗、食宿等一切免费以外，每位每月还可以获得补助一千多元，可见政府根除乌脚病的苦心。他充满信心地说："只要努力，很快就会绝迹的。"

我没有那么大的信心。当一个人要面临双腿一寸寸脱落的境遇时，他们心上的凄凉是可以体会的。面对这样的凄凉，我多么希望乌脚病根本不会发生，它绝对不是"原罪"，它是"罪源"，是我们应该极力去抢救和防治的恶疾！

老夫老妻，老苦相伴

就在我与老妇交谈的时候，后面一直传来"哼……"的痛苦呻吟。一位老人闭眼躺在病床上，他的头发乱草般盘在头上，全身只剩下一层皮包着骨头，皮肤干瘪枯燥，有如放久了的橘子皮。他的肚腹上围着一条红色的毛巾被，两只失去小腿的腿露在外边，用纱布捆着，纱布上渗着点点血迹，他不断地喑哑低沉地呻吟着。

老人身侧坐着一位老妇，正用湿毛巾仔细地为他拭脸，一脸幽怨。

“是您先生吗？”我坐在床沿问她。

她轻轻地点着头，眼泪悄悄顺着她的脸颊慢慢爬向下巴，本来用来替丈夫擦拭的毛巾转而拿来擦自己的泪水。

“他是什么时候得这种病的？”

“今年过年还好好的，过完年脚就黑了。我们厝边的人说这是‘乌干蛇’，真是毒蛇一样，一个多月就噬掉他的脚盘了，不得已才来这里看医生，他这腿是上星期才锯掉的……”

老妇呜咽地说：“好好的一双脚，好好的一双脚……”

老夫妇是台南县新营镇人，那是乌脚病比较少的地区，患病时不觉得严重，一到防治中心，老妇看了差一点吓昏过去，反而是老夫安慰她：“活到七十一岁了，锯就锯了，有什么关系，难道走路走了七十年还不够吗？”

“他倒躺在手术台时还坚强得很，没想到开完刀就软弱了，一天到晚哀叫，真是痛哦……少年家，你帮我替他翻翻身好吗？”

“嗯。”我站起来，将老人往墙侧翻过去，他原来躺着的地方露出汗渍，但是，那汗渍只有上半身的形状。老妇把湿毛巾伸入他衣服内帮他擦背，她细细地揉搓，充满了怜爱。“现在连翻身都不能，不知道何时才能坐起来哩！”

“你们结婚多久了？”

“五十一年啦！没想到一生拖磨，老来艰苦。”老妇擦背时已平静了不少，没想到一开口就又泫然欲泣。

老夫妇本来在乡下卖菜，生活虽然贫苦，却活得健康、平淡而充实。

“我们一早就推着板车到市场去卖菜，他在前面拉，我在后面推，一天大约有三四百元的收入，吃是够了，但是没存什么钱，老来煞是这么艰苦。”

“你们的儿女呢？”

“就是没有……”老妇哭起来，“结婚五十一年，连一个蛋也没有孵……”

她的声音凄怆，几乎无法辨认。

“我常想，这个病应该由我来得，我病了，他还可以去做工，他病了，我什么事都不能做了……”

老妇“呜呜”地哭起来，我手足无措地安慰她，但此刻，恐怕神明都无法安慰她。没有子嗣在乡下人的眼中已经是相当哀痛的事了，老来又得了这种病……她哭了好一会儿，才拭干眼泪，不好意思地笑笑，那眼泪与笑意像刀刃一样，狠狠地切割着我。

“再替他翻翻身好吗？”

我将老人轻轻地翻转过来，老人的脸上全是泪痕，枕头上湿了一大片，他的呻吟也不知道是什么时候停止的。

袜破要念着没腿的人

“防治中心”有二十位工作人员，每个人都忙得不得了，来去匆匆的。我见到一位护士小姐，她叫叶丽兰，是台中护校毕业的，普考及格后被分配到“防治中心”工作。

年轻的叶丽兰眼见着完整的人如何被锯成残缺，眼见着刚送进来的患者的患部溃烂生蛆，还时时刻刻听着传自病房的低低的哀号，但是，她每天仍抱着一颗关怀的、乐观的、看得见希望的心来为他们服务。

她说：“这是我看过的最苦难的病患，他们的痛苦是健康人不能想象的，而且他们一天二十四小时痛着，没有一刻间断。有时候，他们的呻吟就像唱片跳针一样，永远重复着同一个音调。”

“你怎么有办法在这里工作下去呢?”

“我以前选择这个职业，就是要做这个工作，毕竟总要有人做的。”

“病人切掉的脚都丢掉了吗?”

“放在标本室，我带你去。”

我随着她去看“标本”。当她打开大门时，我忍不住倒抽一口凉气，一个个大玻璃缸排成一列，里面放满了大大小小、长长短短的手和脚，浸泡在药水里。那些手、脚都已经完全失去血色了，松弛地躺在瓶中，好像超级市场里堆得高高的动物肢体。

那是要鼓起相当的勇气才有办法面对的景象。

我看到玻璃瓶里有几只断脚，从小腿部切断，而脚掌的地方还有十分明显的切口。

“这是怎么回事呢?”我问。

“哦，本来是想只切脚掌的，没想到一切开，脚里已经没有血在流动，只好再往上切，一直切到有血的地方。”

还有几个脚掌特别小，像是小孩子的，护士小姐说，有的是八岁的小孩的，有的是十几岁的小孩的。

“患了病只好切除。”

然后，她带我去看另外一个房间，房间里摆满了陶制的大瓮，看不见里面，但是里边是更多的“标本”，更多的手、脚，它们沉在瓮中，再也见不到天日。

我看到乌脚病防治中心的资料，光是一九七八年一月到六月，门诊七千五百人，住院九千人，切除肢腿一百五十只，装义腿二十只、义手十四只、义脚二十只、模型义肢五十四只——这些统计数字在每个医院都有，可是在看过那些手和脚的标本以后，却感到手心发凉。

我站在标本室的门口，想起不知道谁说过的一句话：“当你为袜子破了而抱怨时，不要忘记那些没有腿的人。”

我告诉自己：当为袜子破了而抱怨时，不要忘记乌脚病防治中心的标本室。

直到“砰”一声关掉标本室的大门，我才像从一场噩梦中醒来，又回到了现实的世界。

一曲琵琶恨正长

在我帮老人翻身的时候，右边的一位中年汉子闭目咬牙，在那里拨弄琵琶，轻柔淡雅的弦音霎时溢满了屋子，在病腿间流淌。他的床侧还摆着一把扬琴，他的两脚尚好，一只切掉了五个脚趾，另一只用白布包扎着。

我走过去，还没有开口，他就先说话了，他说："我本来打算不和你说话的，但是看你帮那个老人翻身……别人帮他翻身，他都痛得'啊啊'叫，没想到你这么细心，他连叫都没叫，所以我决定和你说我的身世。"

"您喜欢弹乐器吗?"

他点点头说："痛得受不了时就弹。"

"可以弹一首给我们听吗?"

他无言地点点头，正襟危坐，将本来拿在手上的琵琶放在腿上，开始琤琤琮琮地演奏起来。他左手在弦上飞舞着，他那只拨弦的右手，中指已经萎缩了，无名指弯着，只用剩余的三根手指弹琴，因此曲子的节奏变慢了，却益发增加了一种悲凉的况味。他弹的是一曲《昭君出塞》，病房里除了琵琶的声音，以及不时传来的低哑的呻吟声，几乎没有声响。整个病房一时被王昭君和番的悲怨气氛笼罩，他弹到后来双手不住地颤抖，眼睛也红了，没有脚趾的左脚还轻轻打着节拍。

我从来没有听过那么悲痛的《昭君出塞》，每个音符都像触到了心灵的最深处，仿佛天地整个儿都冰冷地冻结了，那是一个黑冷而寂寥的世界，仅剩下人心最底层的一滴水还孤独地温暖着，那个仅存的水滴，只要稍微有一些热度就沸腾起来，蒸发出来。

在唏嘘声中，他好不容易才弹完那首复杂感伤的曲子。有一位老病人“啪啪啪”地鼓着掌，病房里马上响起了零零落落的掌声。中年汉子露出一丝浅浅的苦笑，额上渗出冷汗，就像老了的戏仔拼着命唱了一出戏后听到清冷的喝彩声一样。长久以来，同病的相怜相知，使他们变得意外沉默，也许是借着拍掌的那一刻，他们才能发泄无以倾诉的苦痛。当汉子说“幸好还有手，可以拍拍手”的时候，我们都不争气地眼红叹息起来。

“您为什么要弹这首曲子呢?”

“我喜欢这首曲子，唉！我们这些患了乌脚病的人，就像要去和番的王昭君，骑着白马出关，看着万里黄沙，沙上到处都是人的白骨，回头故土三泣首，前途茫茫，不知道自己要往哪里去，也不知道出了关是不是还有回来的一天！”

汉子说着说着就流下了无声的泪，滴在他的琵琶上，泪中有恨，有绵绵无止的幽怨。他突然用力地弹了一下琵琶的弦，“锵——”余音在病房中流淌着。

自来水是活命的泉源

自来水在我们任何一个人的家里，都是最平常、最易得的，只要扭开水龙头，就有用不完的水出来，我们不会太重视它。

但是在乌脚病区，因为缺乏自来水，人们多少年来都生活在乌脚病的威胁下，平日里好好的一个人，一旦得病便永远没有翻身的那一天。于是，自来水是这些人最渴求、最需要的活命的泉源。只要乌脚病区有了自来水，乌脚病就必定会绝迹，因为防治中心的检验显示，乌脚病患的尿液与毛发的含砷量高于常人，水的含砷量愈重，饮用时间愈长，患者的病情就愈严重。因此，自来水一日不能全面供应，乌脚病的侵袭就一日不能解除。

早在一九五六年，地方政府就开始在乌脚病区建设自来水工程，由于人力、财力有限，一直到一九七三年，自来水的覆盖人口也才达到二百一十二万人，还不到该区当时总人数的一半。乌脚病的病例还在不断地增加，当时的台湾地区领导人屡次巡视乌脚病区，一九七三年年底指命“卫生署”彻底研究乌脚病的病因，并应在一九七八年以前消灭乌脚病。免费提供医疗、食宿的乌脚病防治中心也在这个时候应成立的。

这个指示，日后成了乌脚病区民众的救命符，可是从日据时代直到一九七三年，他们在这段漫长的时日里，却活在无形的恐惧之中。

一九七四年一月，台湾省自来水公司开始实施“乌脚病地区改善供水计划”，这项计划进行了四年半，直到一九七八年六月才完成，共耗费新台币十一亿元，供水覆盖人口达到二百三十万，供水普及率高达百分之九十。

省自来水公司表示，乌脚病区饮水改善后已收到以下几项成效：

一、年患病人数减少。一九五六年至一九六五年，平均每年患病人数为 57.6 人，一九六六年至一九七五年，平均每年患病人数为 33 人。

二、初次发病患者平均年龄提高。一九五五年为56.2岁，一九七五年为66岁，足以表示，除曾长期饮用含砷地下水的潜伏性病人外，乌脚病已被控制。

三、供水后未再发现新生儿病例。供水前乌脚病初发病人小于十九岁者计111人，近二十年来供水后的地区，尚无新生儿患病。

这项统计资料使我们在绝望中有了一点点信心。我感到一则该喜，一则该忧——喜的是，乌脚病区民众在黑暗的所在生活了许多年，终于一步一步走到了见得到光的地方，年老的乌脚病患切除双腿的付出，终于能使他们的后代子孙不再步上他们的后尘；忧的是，那剩下的百分之十的未供水地区的民众呢？他们是不是有走出乌脚病阴影的希望？

对于我的这个疑问，省自来水公司董事长林清辉回答："无法供水的地区，将普遍增设除砷设备，使饮用水含砷量控制在每公升0.05毫克以下。而且，只要是乌脚病区的居民申请供应饮用水，政府将辅助每户两千五百元的设备费，务期完全根绝可怖的乌脚病。"

在层层努力与允诺下，曾经好像生活在深五十丈、到处都是"砷水"的井底的乌脚病区民众，终于看见自井口垂下来的一条天梯，慢慢爬到光明而广阔的世界里来。

可叹的是，他们走过崎岖的路，盼的只是能饮到一口自来水。

一场惨不忍睹的奋战

在病房里弹《昭君出塞》的汉子名叫李清荣，他用和弹琵琶一样充满忧伤的语调跟我谈起了他的身世，以及他与乌脚病奋战二十年的痛苦经验。

李清荣是台南县学甲镇人，十五岁时到台南市做理发学徒。十九岁那年，冬至刚吃过汤圆，第二天，他感觉到左脚冷冰冰的，麻木了一般不能动弹，颜色也开始转黑，然后就开始抽筋，骨髓像针刺一样痛。他说："我害怕极了，我们那里老一辈的人说是'得蛇'。"

李清荣是养子，他的养父母也十分为他着急，中西医都看过了，各种神都求过了，病情却毫无起色。最让他感到恐怖的是，他还不知道自己得的是什么病，脚已经开始溃烂，而且他又得了破伤风。

"后来我才知道这种病叫'乌脚病'，无药可医，但是我不死心，天下哪有医不好的病?"就是抱着这一点不愿绝望的信念，他住进了台大医院503室，住了五个多月都没有好转，医生们都劝告他开刀把患部切除，李清荣不肯。他对医生说："我的骨肉怎么割我都不怕，但是把它从我身体切掉我不要！"

医生们没有办法，只好把他大腿内侧的交感神经切断，让他的血管失去收缩的功能，以减轻他的痛苦。李清荣觉得好一些了，虽然左腿行动不便，他还是办理了出院手续，重新他的理发工作，并且娶妻生子，过着正常的生活。

可是，李清荣自患病到出院已经过了好几年，因为他的病，家里的田地、金钱被花得一寸不留，养父母也由于悲伤操劳过度，在他患病期间相继去世。

他低沉地说："我一生最可叹的事，就是我父母过世，我不能走着去送他们，反而躺在病院里呻吟。"说着，他的眼眶又湿润了起来。十九年前的往事，如今还能牵起他的悲伤，可见乌脚病带给他心灵的怨叹有多深了。

人世的悲运并没有了结。

去年春天，李清荣的右手也得了乌脚病。有了一次经验，他更不愿屈服于乌脚病的折磨了，仍是抱着"宁死不锯"的决心，在台大医院许见来医生的悉心医治下，终于保住了右手，付出的代价是：右手中指缩小，无名指弯曲。他还是说："变形总比切除好！"说着就怜惜地用左手爱抚着右手。

李清荣刚刚告别右手的苦痛，乌脚病魔又选中了他的右脚，他只好放下妻子儿女，住到乌脚病防治中心来。对李清荣而言，人生真是一场惨不忍睹的奋战。

"不过，我不能认输！"

他充满胆气地说这话时，也不禁怜惜地抚摸他尚完整但已变黑的右脚。

许多比他后进来的人因为忍不住疼痛，大部分做了切除手术，只有他还在忍，坐着忍，躺着忍，流着眼泪忍，咬断钢牙忍。

他说："乌脚病的痛是无昼无夜的痛，是任何肉体的痛中最痛的痛。"

他说："到死，我也不会向乌脚病低头！"

听完李清荣的故事，我抬头望向窗外，眼睛不知道什么时候已经模糊了。

乌脚病的孪生兄弟——膀胱癌

这么多人用手脚和生命去奋战的乌脚病，在可预见的将来必要绝迹，可是乌脚病也不肯认输，它战败临去的秋波一转，却招来了它的孪生兄弟——膀胱癌。膀胱癌也不是好惹的家伙，它的威胁甚至远大过乌脚病。

南部几个有数的泌尿科医生纷纷发现，乌脚病区民众得膀胱癌的比例很高，几占总患者的百分之七十以上，这让我感到忧心。难道长久以来与乌脚病搏斗的民众，好不容易挣扎地看到了曙光，又要步入一个更漫长的地道里吗？

按照高雄医学院泌尿科主任江金培的说法，膀胱癌的潜伏期有时长达十几二十年，和乌脚病一样，到今天，医学界还无法确切掌握到它的病因，只知道它和工业污染有密切关系。他说："据调查发现，染织厂工人和冶金厂的工人，由于长时间接触染料和硝酸溶液，得膀胱癌的几率很大。"

愈是工业化发达的地区，得膀胱癌的机会愈大。根据医学报告，国际上非工业地区流行膀胱癌的，只在以色列的一个小地方见过。如今，膀胱癌在乌脚病区流行起来了，台南、高雄等几个有数的泌尿科所遇到的病人大多来自乌脚病区。难道台湾的乌脚病区将成为国际医学界的第一个流行膀胱癌的非工业化地区？在看过乌脚病患的惨状后，一想到这个问题，我就全身冒冷汗。

这难道又是“原罪”吗？长期咬紧牙关与烈日、海风搏斗，苦苦生活的乌脚病区民众为什么不能平静地度日呢？

是不是又是含砷的水惹的祸，到现在还是一个谜题。但，乌脚病区有很多民众曾因自来水工程完成后须缴付微薄的水费而拒饮自来水；如今有的人因为无力付医药费，连膀胱癌都无法开刀治疗，只好无告地面对死亡，这是明明白白的，不是谜题。

许多人在漫长的苦难岁月中侥幸逃过了乌脚病的侵袭，却又在膀胱癌的折磨下失去了生命，这也是摆明的，不是谜题。尽快控制膀胱癌的流行，是医学界刻不容缓的责任。

从去年七月开始，三军总医院与陶声洋基金会一共拨出四十万元，对乌脚病区膀胱癌病例较多的村子展开调查，检验四十岁以上者的尿液，找出还未发生膀胱癌初期血尿的潜伏性病人。

可是找出来以后呢？是不是和乌脚病一样，给予免费的食宿和医疗？过去膀胱癌病患因付不起昂贵的医疗费而废医的人数是接受医疗者的五倍，倘若我们不能正视这个问题，不能给予他们充足的补助，他们可能经过长时间的搏斗，仍在呻吟声中度过最后的生命，这是任何一个有良知、有血性的人所不愿见的。

不敢回头看牵牛

我们擦净眼泪。

我对李清荣说："再弹一首曲子吧！"

他竟笑着说："听扬琴好吗？"

他顺手放下琵琶，从床侧取过琴来，拿出敲击琴键的两条细竹子。

我看着他变形的脚、扭曲的右手，想到他二十年来与乌脚病苦斗，最终却不免要失败，但他又不肯认输的强韧的生命，整个胸腔都浮动起来了。人到底还是相当坚强的呀！

他仍是坐在病床上，熟练地奏起一首歌。当音符流淌出来，我震惊了。他奏的是我从幼年时代就听长辈们唱过的一首最平凡的《牛犁歌》。农人们在忧伤无告时唱这首歌，在辛勤耕作时唱这首歌，在快乐收成时唱这首歌，有时围在庙口也会心血来潮唱这首歌，甚至冬日围炉时也会唱这首歌。我童年的时候，几乎时时能听到这首节奏明快简单的农村曲。可是几乎有十几年的时间，我没有听过农人唱这首歌了，传统的农村情调也随这首歌的流失而消逝了，所以李清荣的琴音一动，便翻开我童年时心胸中的血潮。想起三十年来台湾农村走过的道路，我禁不住轻声地随琴音唱起来：

头戴竹笠喂

遮日头啊喂

手牵那犁兄喂

行到水田头

那哎哟犁兄喂

日晒汗愈流

大家哪

合力啊喂

来打拼哎哟喂

哪哎哟啊伊多犁兄喂

日晒汗愈流啊伊多

大家协力来打拼

唱着，唱着，病房里其他的老人也张开口，合唱这一首描写辛苦中带着希望的、轻快中含着汗水的歌。老人们唱歌的心情，我是可以理解的，他们是老的农民、渔民、盐民，和这首歌一样，曾经和生活搏斗过，曾经在痛苦与绝望中和悲运决战过，如今腿、手被锯掉了，但他们并没有倒下去，还想在自己的农田中站立起来。正如这首歌唱的一样，维系他们生命力量的，只是一颗质朴、单纯、刚强、奋力的血淋淋的心。病房里的歌声便在这种心情中从极细微的忧伤，慢慢成为血泪交织的大合唱：

脚踏水车喂

在水门啊喂

手牵那犁妹喂

透早天未光

哪哎哟犁妹喂

水冷透心肠

大家哪

合力啊喂

来打拼哎哟喂

哪哎哟啊伊多犁妹喂

水冷透心肠啊伊多

大家协力来打拼

一遍又一遍，我们合唱着苦难的祖先所唱过的充满喜气的歌，每个人都在这喜气中流下了泪水，许是太久没有听到歌声了，病人们重复着那单调的呼叫，直到声嘶力竭，才慢慢平静下来。

我勉强压抑自己的情绪，含泪问李清荣："为什么要弹这首曲呢?"

他幽幽地说："我养父母本来是农夫，我因忍受不了农夫的辛苦，要犁田、牵牛、踩水车，便不顾父母的反对，到台南去当理发学徒……"

他想起死去而没有人送葬的父母，用几近呜咽的声音说："现在不要说踩水车、驶牛犁了，就是想牵牛也不能牵了。每次看人牵牛下田，我就在窗内偷偷流眼泪，想着，能够牵牛下田是何等快乐的事呀！”

说完，他扑倒在我的背上，大声抽泣起来。我能感觉到他颤抖的手紧紧抓住我的肩膀，想起苦难的一千六百多个患乌脚病的人，我也忍不住痛哭起来，哭到防治中心的护士小姐和其他病患都过来安慰，我们才在至痛的哀伤中苏醒过来。

我得知那里夏日的晚上蚊虫很多，而他们缺少蚊帐，便把身上仅有的两千多块钱掏出来给他们买蚊帐。

我红肿着眼睛走出乌脚病防治中心，看着我们祖先开垦过的土地，不觉吐了一口长气。这是一片充满阳光和生机的大地，祖先奋战的血潮，如今还在我们体内汹涌循环，痛苦与无告都要过去的吧！

似魔咒敲我的心门

我身上没有一毛钱。

从乌脚病防治中心走三十分钟到基督教乌脚病诊所，我在那黝黯的大门口徘徊又徘徊，终于压住了自己的脚步，因为我知道，那里面是更多痛苦的灵魂。

再走了四十分钟，到了北门，我打算向一位朋友借点钱回台北。我对朋友说明了来意，他惊讶地说："你怎么会到那种地方去？我去过，到处都是苍蝇，好脏呀！"

我把两百元扔回他脸上，愤怒地跑出了朋友家的大门。这原是个冷血的世界，乌脚病患的苦难无怪持续了这么久！我到警察局借了两百元，搭乘普通车回台北。那时已是夜晚，远处的田野上有渺不可及的灯火，一盏一盏，从车侧流去。坐在我身边的老人传来富有节奏的鼾声，在他的鼾声中，李清荣的《昭君出塞》和《牛犁歌》在我的脑海中浮现出来，魔咒似的敲着我的心头。生命的灯，就像车外的灯一样，也许我们一不注意，它就一闪而逝了。我们在酒足饭饱的时候，会不会想起有一群角落里的生命正在一点一点被吞噬呢？我想起了那些海边捕鱼的渔民、牵牛下田的农民、北门盐田上苦苦工作的盐民、生活在黑暗中的矿工，还有在病床上辗转呻吟的乌脚病患者，我清楚地看见列车那布满雾气的窗户上映着自己流泪的侧影。

仰望祖先的天空

清澈的河流穿过稻田，在稻田的映照下，河流呈现出一片绿色。河流的动与土地的静仿佛敲打着相同的节奏，那是最有力的节奏，是永恒的节奏。

永远的土地

透早就出门，天色渐渐光。

受苦无人问，行到田中央。

行到田中央，为着顾三餐。

顾三餐，不惊田水冷霜霜。

这是一首很流行的民谣，它旋律简单，内容也单纯，只讲生活。但是如果我们从比较深沉的角度来思考，就会从中发现土地和人民根深蒂固的情感关联。

人们在土地上辛苦地犁地播种，并不只为了填饱三餐，其中有更深的生命理由。所以要了解土地，我们必须观察土地和人的关系，只有这样，我们才能体会到土地的美与动人不在于土地本身，而在于人在其中流血流汗地慢慢灌溉——有什么感觉，比隔宿的田水淹没农夫的足踝更冰冷？更能向我们证明生命的强韧？除了未被水泥和柏油污染的土地，什么地方，我们能一步走出一个脚印？

土地不只是地理的，也是历史的。

我们走在自己的土地上，最感动我们的永远不是土地上的景观，而是隐藏在土地内部源源无穷的生命力，它在时间的流变中永远不变地生养我们，成就我们。

走过田路，最贴近我们心头的，是农夫弯腰插秧的美丽身姿，是农夫在收获时露出的甘甜的笑容，甚至是灾害过后农夫愁苦的样子。我们感知到土地的力量——这美丽、甘甜与愁苦都是因为土地，如果没有了土地，失去了立足点，生活就不会如此多样而有风貌。

我们的立足点是土地，是祖先留传下来的土地，我们的信心也是建立在祖先留下的土地上的：在艰苦的耕耘后，总会有喜悦的收成。

曾经与风沙抗争

在我们的土地上，站在任何地方，抬头四顾，你都会发现只有我们曾经一步步走过的土地才是最美的，它的美来自它的质朴与单纯。可是如果我们再往里追探，就会发现，土地为了维护它的质朴与单纯，曾经付出了相当的代价。

我们的土地曾经与风沙抗争。它每年要忍受夏季狂暴的台风和冬季来自东北的诡谲的寒流，以及随时从地层深处冒出来的地震。在过去的数百年中，祖先留下的这块土地，曾经被荷兰、西班牙、日本等“红毛”“白毛”践踏，曾经被占据、割据。面对内忧外患，这片土地只是沉默着，等待另一个更明亮的日子再度勃发它的生命力——土地的生命力是无穷的。

我们很容易被活的事物感动，因为它们迅捷轻巧，在一刹那就能让我们感知到生命的力量。我们会感动于天上掠过的飞鸟、林间跳跃的松鼠、田里荷锄的农夫，但是这些仅仅是土地的一小部分。它们在风雨来时要找寻遮蔽，要依靠土地维持生活，它们的生命有限，而土地却是无穷的生命之源。

对于土地有一个真理：凡壮阔的便能够干净，凡干净的便能够开阔，凡开阔的便没有哀伤。

因为土地的无穷，它便和历史有了不可或离的关系，土地所拥有的山脉、河流、村庄，在历史的演变中扮演了重要的角色。

考古学家根据挖掘出来的稻粒推算，台湾土地的垦发，可以追溯到两千七百年以前，而更早期的原始住民都已经绝灭，也没有留下任何形迹，所以台湾早期的开发者，是现存的台湾高山族的祖先，可惜他们一向过着简单的游猎生活，并没有充分利用土地。

台湾土地被充分利用而有更鲜锐的活气，是在明郑时代。

台湾的汉人足迹，从历史上可以求证，最早出现在宋朝末期。那时，中原地区的辽、夏相继犯宋，继而金人入侵，南宋偏安江左，闽浙的人口因此大量增加，沿海的岛屿都成了新兴的开拓地。后来，逐渐增加的人口南迁台湾，福建的泉州在人口的流动过程中成为当时的贸易大港，向往宝岛而来的百姓络绎不绝，这就是汉民族移居台湾的先声。

元至正十八年（1358 年），澎湖置“巡检司”，隶属于泉州同安，陆续有汉人到澎湖和台湾定居。

大规模开发台湾，一直要到明朝初年才开始。最先是私人经营，小有规模后才由政府正式拓展。史料上记载，十七世纪荷兰人据台的末期，台湾本岛有汉人两三万户，人口约计十万，大多是来自广东和福建两省的，由此可以看出郑成功来台之前的规模。但是在这一段漫长的开拓史中，土地的开垦都是局部而小规模的，而且受到大陆余绪的影响，土地难以发展出自己的风格。可是大陆与岛屿的地力与利用是不同的，因此台湾这一时期的土地犹未显示出它的功能。直到公元一八六一年，郑成功以四百艨艟载两万五千兵卒攻打荷兰人，使台湾重入中国版图，此后台湾与大陆保持着微妙的关系。在郑成功的雄才大略之下，台湾土地终于发展出了自己的格局。

永远的土地与河流

明郑后的土地风格是怎么样的呢?

在郑成功以前，土地与河流的关系十分密切。渔民在河流的出口处从事渔业，因此，在河海交界处自然形成了海港。现在的台北万华（艋舺）、台南安平港、嘉义北港（笨港）、彰化鹿港等，都是早期移居的汉人的集中地。从海港沿河流向内地开垦，慢慢由渔业发展出农业，再因农业人口的支撑，形成了通商的港口。

郑成功率军到台湾，实施“军屯政策”，才打破了依河开垦土地的格局，有秩序地向更广大的地区开垦。

所谓“军屯政策”，就是一边屯兵一边开垦。郑成功时期开垦的屯田多达四十余处，大部分集中在南部地区，称为“营盘田”，现在台湾南部地区的柳营、新营、后营庄等地名都是那个时期的遗名。我们从这里也可以感受到历史在土地上的烙痕。

但是在明郑之前，荷兰人和西班牙人已经在淡水河沿岸积极开垦了，从而形成了南北两地对峙的局面——台湾的开发到那时才初具规模。

在明郑时代，台湾土地的开发状况，比较清楚的有下列地区：台南、嘉义一带的平原、凤山北方平原、斗六至林圮埔的水沙连地区、彰化半线地区、新竹大甲溪一带、台北淡水河沿岸、基隆河沿岸、基隆海口地区、恒春地区。

我曾在这些旧时开发过的土地上伫足。历史的脚步走过，时光更迭，三百年来，虽土地的形貌一再改变，但我们仍能找到先民在土地上的努力耕耘。顺着这耕耘的脉络，我们伏下耳来，仿佛可以听到祖先的锄头在地上耕耘的声音。

土地和河流的景观是最美的，只要我们留心，就能得到一种经验——清澈的河流穿过稻田，在稻田的映照下，河流呈现出一片绿色。河流的动与土地的静仿佛敲打着相同的节奏，那是最有力的节奏，是永恒的节奏。

森林的风貌

我们沿着溪石往河的根源处走去，愈走愈深，平原的壮阔慢慢地褪去了，浓密的森林逆着河站在我们的眼前。

在台湾，山脉与森林占着极重要的地位。山脉与森林是相结合的，没有森林就没有沃土和河流，没有沃土和河流就没有农业，也就没有今日的台湾了。

但是台湾过去的开发只限于平原地区，山地的森林是山地族群的居住地。他们以天为幕，以大地为床，顶多只盖一个简单的居所。早期因为山地人与汉人起冲突，汉人极少入山开垦，致使森林维持了原貌；一直到日据时代，日本政府才在台湾大量砍伐木材，森林才得到了初步开发。

森林和山脉带给我们无限希望，它们扮演着维持生态平衡的重要角色。台湾平原的腹地小，如果能有效地利用山脉来开发森林，必然能使人民的生活范围至少增加两倍以上，这种森林地的开发并不会影响到人民的生活水平。如今因为水电便利，山地人与平地人在生活上不分轩轾，在情趣上则别有一番滋味。在保持生态环境平衡的情况下，适当地有效地开发森林与山地，是今后土地开发的可行之道——这与海埔新生地是一个物体的两面，对于海岛环境的土地利用与扩展有其不可忽视的意义。

我们在地理位置上虽然处在亚热带和热带之间，但平原地区四季如春，而山地四季分明，依高度的不同植被有明显的划分，有热带林，也有寒带林。因此，我们的森林格外可爱多姿，不但能保持水土、提供水源，还有极富美感的观赏价值。

在中部，我们沿着埔里、雾社、庐山，一直往上到合欢山，便可以一路从热带走到寒带去，只要一天的时间，就有几种不同季节的经验。森林的变化，山脉棱线的变化，云与雪的变化，都美得让人屏息。

台湾森林景观的美与变化，用专业的术语说是“林相丰富”。

根据林业专家的调查，台湾野林（尚未开发的森林）面积达到二百二十七万公顷，因山坡高低不同，有八百种林木，包括热带阔叶林约一亿三千六百万立方公尺、寒带针叶林约一亿两千七百万立方公尺。另外，高度在五百公尺以上的山地与丘陵地，占全省总面积的百分之六十四。

对于只模糊知道森林状况的我们，这些数字是十分庞大的，但是天文数字也不是永远都能保留的。这些年来，由于经济的高速发展，林木的需求大增，由于对林木的保育认识不清，森林遭到了无知地垦发，面积愈来愈小，资源的利用已经亮起了警灯。人们剥除了森林的层层绿色外衣，暴露出光秃秃的地表，雨水将大量泥沙冲刷到下游，不但损坏了灌溉系统和排水系统，也使粮食生产和鱼类的生存受到了威胁。

清康熙三十六年（1697 年）郁永河曾描述：“自斗六门以上至淡水，均荒芜之区，森林遮天，荆棘丈余，为汉人足迹所不能到。”可见在两百八十年前，台湾还是原始森林之地。日据时代开发得最多，林相的破坏也最厉害，凡人迹所能到的山地，无一不被损坏。土地是增加了，人的生活范围也扩大了，从短期来看有很多益处；可是水土流失了，动物绝种了，土地污染了，从长远处着眼，对于整个生活环境是有害的。以梨山下面的德基水库为例，原来的林木被滥垦，改植了冬季落叶的苹果，土地失去了维持水土的功能，夏季大雨时期泥沙在水库积存，水库因而淤浅，不仅损坏了水管、闸门，也妨碍了轮机的运转，冬季则水土为之干涸。

据专家的估计，一九七一年调查时，德基水库至少还能维持一百二十年的寿命，但到一九七六年调查时，这个水库却只剩下六十年的寿命。因为我们的无知，戕伤了水库一甲子的寿命，想起来教人浩叹。如果德基水库寿命终止，我们必然要花上比维持林木多出数倍的经费与人力，才能享受发电和灌溉的便利，这对我们的现实生活的影响十分巨大。

从土质的角度看，台湾的土地构成大部分是容易被风化、侵蚀、冲刷的黏板岩与页岩。

幸而上苍赐给这些脆弱的土地一件长青的绿色大衣，“林冠”阻挡了雨水的冲击，杂草和枯叶又吸收了大量雨水，才使土地免受大雨冲刷。

为了保护我们的生活和生态，我们应把森林当成一个有机的生命体。我们不能既砍掉生物的手足，又希望它能发挥正常的功能。我们也不能只见秋毫，不见舆薪，当我们用秋毫之末取暖时，是不是想过舆薪更能带给我们热量呢?

森林是无言的，因为无言，更显出它深沉的个性。群山默默，阳光轻轻穿过森林的帽子，洒在这片沃土上，我们深深地感受到这真是个美丽的岛，但若失去了森林，所有的美都是假的，是空虚的。

森林，是台湾美丽的景观，也是台湾生机的命脉。

动植物之源

为什么说森林是台湾生机的命脉呢?

森林并不光指林木，也不光与土地有不可或离的关系。森林是一个由林木、下层植物、林地与野生动物所构成的有机生命体。我们要了解森林的生命之源，就应该探索动植物的世界。

在植物的世界里，依据植物学家的统计，台湾的植物种类占全球植物种类的十二分之一，这么复杂的植物类别显示了台湾土地的生命力之旺盛。依据地质学家的研究，台湾与大陆的分割可以追溯到地史上新生代的第四纪（约一百九十万年前至八十万年前，称为“更新世”），这一时期的前半段，大陆与台湾是连在一起的。因此，台湾的史前文化和台湾的动植物，和大陆江南沿海有共通的地方。

台湾海峡目前海水只有六十多公尺深，一百公尺以上的深线，只有基隆北方海中和澎湖的水道部分。因此，如果海面降低一百公尺，使海水向南和向北退出，则台湾岛、台湾海峡和大陆便成为连成一线的干陆。如果从地质学上证明这种脐带相连的状况，需要很多证据，但是我们只要进行合理的推测便可以得知。

过去，台湾、澎湖既然和大陆相连，那就显示了在地质学、地史学、地形学和生物学上，这些是一体的，也就是说，台湾的一虫一兽、一树一草都是从大陆传来的，且有“中国特有的动物群和植物群”。一般说来，较早从大陆来的动植物生活在较高的山区，较晚传来的则生活在较低的地方——这种生物的分布和地壳运动有很大的关联。所以在台湾的高山区有熊、豹、山猫、老鹰、梅花鹿等动物，也有桧、杉、槐等植物，都可以成为台湾的生物之源的佐证。

我年幼的时候生长在山区，家里拥有四百公顷林地，高度在一千到两千公尺之间。屋前是壮美的梧桐林，屋后是亭亭矗立的桃花心木林，是已经经过开垦的。再往山内走去，有各种不同的未经开发的林木，连在山林中生活了五十年的父亲都无法完全认识这些林木。森林中更有千奇百怪的飞禽走兽，几乎每天在山中工作都可以发现从未见过的动物和植物。这种种惊叹，让我们看到台湾土地对万物丰润的滋养。在一千公尺左右的山中都有这么丰富的生物，更高的山上就可想而知了。

如果我们以海拔将近三千公尺、众人所熟知的阿里山为例，应该能由小见大，看到台湾植物的整体状况。阿里山大部分林地已被有计划地开发，只剩下少数的原始林，从横向看，或许我们也能从中窥见植物与生活的密切关系，而从纵向看，也能体会到森林的纵向面貌。

森林的金矿

从嘉义坐具有历史的小火车去阿里山，千回百转，沿山而上，那是一种相当特殊的经验。小火车穿过的每一个山洞，几乎都有一段不同的林相。愈往上愈深冷，一直到阿里山车站，再转搭林务局的小火车向深处去，就可以看到南洋松和白桦林整齐而撼人的景观。

我每回上阿里山，火车都是以很慢的速度前进的。眼见高大雄伟的红槐、冷杉、扁柏，以及许多不知名的林木向眼前冲来，那种感觉是很奇妙的。

火车的慢和树的高大好像是电影里的慢动作——移动虽慢却比快速的动作具有更大的震撼力。一棵棵高可遮天的神木矗立耸然，几千年来森林就是这样与世无争地站在天地之间。

穿过隧道的感觉呢？一首深埋在山里的民谣在我脑海中涌出来：

火车行到咿都啊末咿都去
哎哟
磅空内（隧道里）
磅空的水咿都丢丢丢铜仔咿都
啊末咿都丢啊咿都
滴落来

民谣说的只是一种火车行进隧道时的单纯的感觉，我们不能确切地说它代表什么意义，却能感受到一种飞扬奔放的生命力——这生命力从人心出来，就成为民谣，从土地出来，就是森林，正如我们无法说出台湾森林的确然面貌，但能感知森林的力量与骄傲。

我常想，稻子如果是土地平静时所滋生的，那么森林就是土地在狂欢时孕育的。

阿里山土地的狂欢孕育出一百多种林木，它的开发应可以追溯到乾隆初期的地方英雄吴凤。吴凤那时候任阿里山通事，是他改变了曹族山胞"猎人头祭神"的习俗，使得汉人敢于到阿里山下买卖皮革和药材，也使得在同治时代设置的台湾垦务总局伐木局注意到阿里山木材蕴藏量之丰富。可惜尚未开采，伐木局即被废止了，直到一九〇三年，日本人才制定出阿里山的森林采伐计划。经历几度搁浅，阿里山终于在民国元年正式通行了火车，进行了大量开采。因为获利丰盈，阿里山被日本林业人员称为"森林的金矿"，足以反映出森林的价值。

行尽多少崎岖路

妹同阿哥去爬山，

手拉手儿肩并肩；

行尽多少崎岖路，

不到山巅不回转。

这是流行在新竹关西一带的歌谣，反映了生命与山之间的关联，而说到阿里山的开采，确实也是一番“崎岖路”。阿里山包括十八座高山，总面积达三万两千公顷，日本政府虽然曾费了一番苦心要让火车开到两千公尺以上，但是建造这条铁路的人工却是我们的祖先，是他们流下血汗搬枕换木才使得铁路通向山巅。我的父亲十七岁的时候，有一年多的时间被征调到阿里山做苦工，这才奠定了他后来回到南部乡下自己经营林地的决心。

阿里山森林的分布包括了热、暖、温及少数寒带林木。火车行过的平原地大多是果林与椿树，上到“独立山”，楠树、栓树、樟树、槠树等暖带林一一展现在眼前，到了“平遮那”，一路上都是铁松、扁柏、亚松、红桧等温带林，景观的变化十分丰富。这使得阿里山不仅有林业价值，也是现在观光的不可不经之地。

现在，阿里山的林木大约有一百五十万棵以上，六百余万立方公尺，在轮伐的政策下，可望保持下去。

我们站在阿里山顶上，看云起，看日出，看大鹰飞入林深之处，都有一种感动，感动于大地的美与不可尽，但是更深的震撼来自于那连绵起伏的山之巨灵——森林。我相信，在无声之中，林中有一股血正从大地的深处缘木激流而上。

事实上，大地的血不止供应着阿里山的森林，也供应着占台湾面积五分之三的三千余座山脉里的每一棵林木。每一棵林木从生长到可供利用约要经过八年，从这个角度看，那该是一条多么崎岖的道路啊！

我们飞升起来，从空中看我们美丽的岛屿，它如同一个有机的生命体，里面都有血管流经，森林乃如毛发一般，吸取体内的养料，又保护着这有机的生命体，使之更美丽。

阿里山的森林及植物能使我们看到台湾林木的概况。倘若我们再往大了看，阿里山山脉仅是名列第四的小山，在三千公尺以上的山峰中，有纵贯全岛的中央山脉，还有拥有四千公尺高峰的玉山山脉，以及从台北延伸到台中的雪山山脉，这些都是可资开发的林地。

林业的经营以阿里山林场和兰阳溪上游的太平山、大元山林场，以及大甲溪流域的八仙山、大雪山为重点，这些地方也利用登山铁路和铁索道开采、运木，嘉义、罗东、东势因而成了最重要的木材集散地。

由于山脉多，有河流，台湾的高山上，林木更是苍郁。我们搭车走苏花公路，在东部陡直的海岸线上行走，一边是太平洋，另一边则是看不到顶的直逼青天的高山，这种景致很容易使人联想起我们森林的高深。就在那些高山中，我们还可以看到依生在林木之下的草木，还有苹果、水蜜桃、梨、龙眼、柑橘、荔枝、葡萄、莲雾、杧果、木瓜等水果，四季不断，种类之多几乎无法尽数。

辛苦耕耘，喜悦收成

我们从高而陡峭的山上下来，很快便到了千里无尽的平原。白天我们几乎到处都可以看到辛苦耕耘种作的农夫，于是我们知道，生命的来源不只靠森林，因为森林虽然供给我们住屋、家具以及衣服、药草等，到底不如农田能使我们顾到三餐。

在台湾南部流行着一首《恒春农耕歌》的民谣，歌词是：

一年过了又一年，
冬天过了又春天。
田里稻子青见见，
今年一定是丰年。
水牛赤牛满山圃，
看牛囝仔唱山歌。
青年男女犁田土，
顶埔下埔相照顾。

这首民谣不但让我们感觉到了农村的氛围，也让我们看见了农田上活泼的景象。台湾高温多雨，加上人民努力耕作，丰收是可以预期的。台湾的三大农产品是稻米、甘薯、甘蔗。

日据时代，台湾是日本粮食和原料的供应地，然而人民的生活却普遍艰困。每一个在日据时代或台湾光复初期长大的人，必然不会忘记年幼时天天吃甘薯饭的情景，若有一餐能吃到白饭，就是上苍莫大的恩赐了。但是，因为我们对土地的信念，吃甘薯饭并未使我们绝望，有时我们吃过晚饭在屋外乘凉。太阳已经西下，而我们生命的火炬仍燃烧得通红，虽然我们看不到太阳了，但是它的余晖仍然辉映着我们的天空，我们相信明天，相信明天的太阳会使田里的秧苗长高长大，相信我们有一天能吃到白米饭。

我们的愿望在台湾光复三十年后终于实现了。现在，即使最贫穷的百姓，三餐也有白米饭，有其他菜肴。在我们田园的回忆里，甘薯的时代已经远远地过去了，它曾是人民的主要粮食，现在则用来制酒和饲料，都市里还有烤或者炸的甘薯，如今也成为食用的珍品了。

农业的台湾，拥有许多勤劳的农民，只要可以生产粮食的地方，就有勤勉的农民在耕作。为了增加耕地面积，田与田之间只有一条供单人行走的田埂，可以利用的山坡地也全部被辟成梯田，所以台湾的耕作土地是毗连着的，一块接着一块，由此也可感知农民的勤劳和俭省。

关于农田，有两种景观是我们常见的——如果我们站在中部大平原的田埂中，环顾四周，几乎看不见稻田的尽头，只有一片青绿的绵延，远方雾气笼罩，更衬出稻田的邈远和美丽；如果我们登上高山，往下俯望，则是一块稻田隔着一块稻田像阶梯一般连到山下，田里的水反映着日光，一片灿亮。这种看似简单的景观并不是自然生成的，它是我们的祖先一锄一锄开辟出来的，尤其是山坡，更是一个石头一个石头，才捡出平野来的。

我们的土地是一首生动的史诗，史诗上记载着农民的血与汗。

文明的基础——伦理

农民对土地的眷恋乃是自然生成的感情，即使有再高的收入，他们也不愿离开土地。

我曾在许多地方访问过一些农民，以台中县的梧栖镇为例，由于台中港的建设，梧栖的地价几乎涨了百倍以上，一个农民如果拥有一甲地，他的土地可以卖到千万以上，他坐吃利息也能过上很好的生活，如果投资工厂，收入更不可计了。

但是他们不愿离开那块世代耕耘的土地，理由很简单：“祖产怎么可以随便出售呢?”

于是,他们依然居住在用砖和竹子建成的农舍里。他们的农舍,窗户很小，只有一个向外开的大门、一间厨房、一间堂屋和几间仅供居住的卧房。另外，农舍附近有堆机器工具和燃料的储藏室，有打谷场、粪坑、菜园，以及畜舍——这种建筑景观几乎是台湾农村的共相，又由于农村很少有独立的家屋，都是相望为邻的散村，使得农村到现在还维持着很好的人际关系与伦理关系。

我在乡下常常观察农民的生活，有一个有趣的现象很吸引我。

乡下的建筑常有“祖厅”，用以供奉祖先的牌位和他们信奉的神明。祖厅的门通常有一个一尺左右高的门坎，这个门坎并不是简单的门坎，它隔开了屋里和屋外，使乡下农民在复杂的人际关系中还能保持生活的私密性。

我在年幼的时候，偶尔无知地坐在门坎上，就会招来祖父的斥责。他称那个门坎为“户定”，那上面是有屋宅守护神的，怎么可以坐在神明的头上呢？还有，每次大人们出门跨过那个“户定”前，一定要先整肃仪容和言行，因为“那一步跨出去，就是祖先的土地了”——农民们对土地的敬爱和他们维持人际关系的微妙，都从那个“户定”里表露出来了。

说到伦理关系，过去的农家都是大家庭，成员有时在五十人以上。他们通常很和睦，因为最大的家长具有相当大的权威，这一点，从他们居住的位置就可以清楚地知道。若有祖父母，则他们住在中间的最内进的屋子里，父母通常住在祖厅正后面的堂屋里，儿女们住在两边的厢房里，如此围成三合院，中间则是一个方形的庭院，伦理的交通则在祖厅（也是客厅）和庭院中进行。我们可以用一棵树来作比喻：祖厅所在的房子是树的枝干，两边分出的厢房则是树的旁枝，而祖先呢，正是大树深埋在地底里的根。这其中自有紧密的联系，是不可分离的，也因于这样的关系，才能绵延不绝地开出伦理的花果，也才能在浓荫之下，仰望祖先的天空。

中国人具有“天圆地方”的观念，因此生活的形式是方正的，所有的变化也均以这方正为基础发展出来的，所以说，台湾的基础在农业，而文明的基础则在伦理，若没有这种强固的伦理观念，所有的文化都将是奢谈。

让祖先的灯一直亮着

为了了解伦理的基础，我们到屏东一带的六堆地区去，看看三百年来的台湾人是怎样生活着的。

六堆地区包括高雄县的美浓镇和屏东县的内埔乡、潮州镇、竹田乡及其附近早期开发的地方。

六堆地区的最早开发时间大约是清康熙二十六年（1687 年），所围绕的地区主要是屏东下淡水平野。由于六堆地区位处偏僻，接受现代文明较迟，加上当地居民的固执，宗族观念较为浓厚，使得它幸运地保留了三百年前的原貌。宗祠、祖庙到处林立，一般人家没有富丽堂皇的祖厅，很自然地，它的整个居住形式仍然是古老的三合院落，未曾更变。

我们走进了一个维持了淳朴风貌的院落，最发人深省的是镌刻在大门口的话：

中山世系

炎黄家风

钟山启绪

颖水流徽

瘴雨蛮荒开祖业

高山流水仰宗风

香飘翰墨家声振

谷产英材国运昌

高山流水琴心古

舞鹤飞鸿翰墨香

四房合祀尊先祖

万派朝宗启后贤

再抬头看门楣上，则写着“颖川堂”、“西河堂”、“陇西堂”等，我们能感觉到他们追怀祖先的意念之诚。他们的诚心正意，竟使得这种伦理关系，无畏于现代潮流，经数百年而不缀。

关于六堆地区的来源，在竹田乡西势村的“六堆忠义祠”中，有一块石碑记载了一段重要的史实：

……及清朝……乃相约划地为营，联庄为垒，分先锋、中山、前、后、左、右六个地区，作适当防御之基地。南出佳冬、枋寮，北接美浓、六龟，其中包括松林、高树、长治、盐埔、麟洛、竹田、内埔、万峦、新碑及里港之十余乡镇之广大地区，类多聚族而居，结村自保，是以六堆之名见称焉。

从这块石碑来看，所谓“六堆”，不过是开拓初期的自卫组织。正因为有这样的历史渊源，今天的六堆还可以看到以“六堆忠义祠祭典”为中心的团结的风气，也因为这样的血脉流程，六堆地区至今还过着以祖先为中心的农业生活。

最让我们感动的是，走进保留完好的宗祠、祖庙、祖厅中，会发现祖先面前的两盏灯永远都是亮着的——从黑夜亮到黎明，再从黎明点到暗夜，几千年来就这样亮着，从中土亮到美丽之岛的偏僻一隅，并且会继续亮下去。那两盏小灯不但是伦理的基础，也是生活的信念，因为心里点了灯，所以无论处在怎样艰苦的环境中，人们的长明的希望也不会熄灭。

天恩——一年三熟的地区

六堆人对祖先的信奉和对伦理的尊重不仅来自传统，也来自生活。在高屏地区，由于气候温热，灌溉充足，稻米一年可以三获，是全世界最宜于种植稻米的地区，当地的居民把这归诸“天恩”。

每隔四个月就可以收获一次稻米，这使得农家更为忙碌，但农民的忙碌也使得屏东平原成为稻、蔗、香蕉和椰子的主要产地。中国农民有句话说“春耕、夏耘、秋收、冬藏”，但到了屏东平原就不适合了，因为这里是“春收、夏收、秋收、冬藏”，有时候甚至在严冬，也可以看到农民们收割稻米，因为屏东平原几乎是没有冬天的。

台湾每年产两百多公吨稻米，屏东平原大约占了三分之一。在台湾，平均每公顷可以生产稻米三十二公担以上（世界每公顷的平均产量是十八到二十公担），而在屏东平原，每公顷的年产量有时高达五十公担，是世界年平均产量的两倍以上。我曾在屏东平原帮农人收割稻米。有一种稻子叫“百日稻”，从种下那一天算起，到收成时只需要一百天，可见稻子在屏东平原收获是何其快速！如果三熟都种“百日稻”，那么在冬天可以种甘薯、红豆等副产品，一方面能增加收入，一方面也能保持地力。

在屏东平原，所有的耕地都进行了最有效的利用，即使是溪流旁的沙地，也被用来种植果菜。有时溪水暴涨，把农民辛苦种植的蔬菜和瓜果冲走了，待水过天青，农民们就重新种过。

有一次台风过后，我冒雨到屏东平原去，有许多农民脚着胶鞋、身穿雨衣、头戴斗笠，在溪水畔的沙田中种作。

我问农民：“蔬菜都被水冲走了吗？”

“是呀！每年都要来这么几次。”

我担忧地问：“你现在种下去，万一大水再来呢？”

农民反过来安慰我：“没关系，冲走了再种，老天有眼，总不会一年四季都是台风吧？何况，土地荒废着多可惜！”

然后他们继续低下头去整理他们的土地。

我突然想起小时候大人教我唱的一首简单的《牛犁歌》：

手扶牛耙喂

来锄田啊喂

我劝那犁兄喂
不可叫艰苦
那哎哟犁兄喂
为的是增产
大家哪
合力啊喂
来打拼哎哟喂
哪哎哟啊伊多犁兄喂
为的是增产啊伊多
大家协力来打拼

从农民毫无怨尤的回答里，从民谣的活泼奋扬的节奏里，从农夫乐天知命的脸容上，我看见了他们内里勤劳无畏的意志。

一寸一分地捏着它长大

台湾虽然是农作物丰收的地方，大卖所有的作物都不是随意就能长大的。只有经过农夫终年的辛劳付出，作物才能从芽苗长成稻禾，再结出稻穗。

从一些耕种期间的小事中，说不定我们可以找到农民辛劳的一些点滴。

在稻子播种以前，农民要先选好谷种收藏；谷种干了以后，要治毒，以免带病菌到土里；然后孵芽育秧；秧苗长好了还要洗去秧上的泥土，这样有利于水稻的生长；接着是插秧，要将一把把的秧苗整整齐齐地插到农田里去——要想插得快、插得匀、插得深浅一致，没有几年的经验是不能成功的。

插秧以后，农民要搜田草、巡田水、施肥、灌溉、喷洒农药，天天把心挂在田里看秧苗，一直到结穗收割才算了了心事，不过又要准备下一次插秧了。

我们看到水稻一片青绿，很容易误以为稻子是好种的，事实上，稻子是相当脆弱的，农民要担心的事很多。如果插秧期天气忽冷忽热，就会出现烂秧；水少了秧苗会枯死、水多了会淹死、水冷了则会冻死。稻子在生长期还会发生各种怪病——白叶枯死病会使稻叶枯白；胡麻叶斑病会使稻叶出现麻点，谷粒长不足；稻恶苗病会使稻苗抽长或矮缩而不能结粒；稻秆禾线虫病会使叶子干缩扭曲。好不容易挨到了稻子结穗，又有稻曲病，可能会使稻穗无法长成；还有天上飞的和地上走的鸟兽来将穗子当点心吃；要是遇连日阴雨，则还没有收割的稻子会抽芽。

知道了稻子的脆弱，使我们也不禁为辛劳的农夫捏一把冷汗，也就更能体会“锄禾日当午，汗滴禾下土。谁知盘中餐，粒粒皆辛苦”的意义了。大凡吃的作物，无一不是农夫用辛苦换来的，没有“简单播种、随意收成”的道理。民谣《农村曲》里也有一段是描写这种情状的：

炎炎赤日头

凄惨日中照

有时踏水车

有时着搜草

希望好日后

苦工用透透

曝日不知汗哪流

手是用来劳力的

迈入工业社会，机器代替了人工，插秧有插秧机，犁田有犁田机，灌溉有抽水机，除草有除草机，喷洒农药有直升机，收割有收割机，搬运有各式各样的交通工具……

这些各式各样的机器虽然可以代替人工，但是在台湾的推广好像并不容易，最常见的水田景观仍然是农夫和水牛，以及赶鸟雀的稻草人。为什么在这个机器时代，农夫们仍然固执地用着他们的双手呢?

我曾在高雄县美浓镇遇到一个农夫，他有两甲地，耕作时，一甲全部使用机器，一甲则全部使用手工。

他说："我觉得用手种出来的稻子比用机器种出来的好吃，而且手是用来劳力的。"

农夫的答案使我们都笑了起来，我相信他的答案也是很多农夫的答案。当然，"用手种出来的稻子比用机器种出来的好吃"可能是心理上的感觉，是无稽之谈，但是"手是用来劳力的"则是让人感动的。

美浓的农夫以他的两甲地来做试验，具有特别的意义，这也许可以为台湾农村的机械化找到一条出路。美浓是一个尚未受现代工业文明污染的乡镇，其农业色彩常常表现出中国农村社会的原种，这种原色的保存；一方面是因为地理位置偏僻（仅有两条道路，一条经旗山通往高雄，一条经里港通屏东），一方面是因为美浓六万人中有百分之九十五的客家人，个性趋向保守。

从文化的保存上看，这自然是好现象；就乡镇的进化上看，这里却落后了。但是我感动于“手是用来劳力的”的信念，我希望美浓能好好保存这个信念，并维持美浓景观的特色；同时，希望它在个性的开放上能往进化的路上走——就是手工与机器并用，既接纳机器，也不忘记手的传统功能。

美浓还有一个奇特的景观，那就是烘焙烟叶的烟楼。我每次到烟楼里，看到少女们用双手整理烟叶，我时常想，说不定用机器来做会更快、更有效率，可是少女的工作又使我感受到一种美，那是生活的美，比艺术的美更深刻。

到底怎样的生活方式才是最适合美浓的呢？我困惑了。

印下人生的证记

美浓的景观使我了解到关于土地的一个重要的问题，就是台湾的农村景观中最重要的因素不是土壤、植物或气候，而是人。

在这古老的土地上，到处都有人，我们很难找到一块地方是没有被人的手足和人的活动影响过的。人的生活受到环境的深刻影响，同时人也改造和改变了自然，并且印下了自己的证记。人与土地关系深密，人地两者结合成一个整体——因为人和自然不是分离的，而是一个有机的整体。愉快的农民在田地中工作，恰似丘陵在土地上凸起，河流流经土地，树木在土地上站立，同是自然界的一部分。

所以，细心耕耘的稻田，是台湾全景中一个不可忽视的因素。

长期的生活经验，台湾的农民找到了获得最高收成的方法，建立了最美满的社会关系，农民的活动与自然环境已经完全相适应了，由此产生了一种古老而安定的文化，这种文化不易受外来因素的影响，用生态植物学的名词来说，台湾的农村可以称为“群落”。

根一旦在群中落种，就再也不容易移动了。

但是，农村在继续往前进化，我们必须先弄清它过去的历史，才能知道目前的情形。台湾群落景观在时间上的意义和在空间上的意义是一样的，“现在”是长久岁月所累积下来的产物，我们不要忘掉土地与人民的关系。

为了找到历史在农村景观中的证记，我们以最有时间代表性的淡水来作说明。

台湾的村镇景观虽然具有个别的特质，然而在发展上因作物、人民，甚至历史演进相类似，使得所有的景观产生了相当大的一致性，而在这种一致性中，淡水算是相当特殊的。我想，这是因为淡水的沧桑。

在台湾的历史上，淡水是最早印下帝国主义足迹的地方。公元一六二九年，西班牙为了阻扰日本和荷兰的贸易，派兵登陆淡水，一面筑圣多名各城作为防守的据点，一面大量开采硫黄——这是帝国主义的第一个脚印。

到了一六四一年，荷兰人为了争夺海外霸权，和西班牙人开战，西人败，将淡水拱手让给了荷兰——这是帝国主义在淡水的第二个脚印。

后来，淡水收归中国版图，才开始有了中国的脚印。可惜好景不长，咸丰元年（1851年），外国商船发现淡水是一个好的贸易地，因此在咸丰十年（1860年）与清廷签订《天津条约》，强逼清廷开港，英国领事馆在咸丰十一年（1861年）迁到淡水，接着又带来各国的洋行——这是帝国主义在淡水的第三个脚印。

台湾被割让给日本的时候，淡水自然也成了日本的属地——这是帝国主义踩踏在淡水的第四个脚印。

这些零零碎碎的脚印把淡水踏出了一种不同于其他地方的景观。看到欧式和日式的建筑构建在中国的土地上，使我们每走一趟淡水就引起一阵伤心。

淡水不仅是台湾近代史的缩影，也是中国近代史的戳记。淡水美得无以名状，而这美却隐藏了一段沧桑的过去。淡水的隆盛已经过去，但是淡水的历史没有被抹灭，从淡水，我们能体会到人、历史和土地。

淡水是个海港，从河口推拓出去，就是辽阔的大海。我们考虑土地，也不可忽略海洋，因为海洋是渔民的“土地”，而台湾的开发是从海洋开始的，是渔民建立了开发的基点。我曾听一个渔民说：“农夫在土地上耕作，也许几个月才收成一次，我们每天都有收成，冒险有什么关系？”

海洋和土地一样，同是我们耕耘的地方，同是祖先与大自然奋战的场所。如今，祖先远了，但是祖先的骨血仍在，祖先的精神永存，我们要踏着祖先的血汗前进，一步一个脚印，为我们的子孙走出一条崭新的道路来！

独对青冢向黄昏

我相信，爱情里有永恒的质素，历经千百代、亿万人，这种质素仍然万古长新。但是，世上有历久不变的爱情，却没有永远不变的爱的面貌。

黑暗里升起一盏灯

黄昏流尽，黑夜已经来了。

在笼罩着黑幕的草原上，一个人，孤独地安静地走着，望不见来路，看不清去处，在长满荒草的地上，寻找一个可行的方向。

心头随着夜的凉，逐渐渗进一点点彷徨，一点点惊怖，以及一种无助的苍茫——走在黑夜里并不可怕，可怕的是，没有灯，也找不到方向。

百里洋场的万家灯火，却不及黑夜的草原上的一盏灯。

熙攘热闹的街市，灯光照耀如白昼，却不及心里亮着的一盏灯。

走着，走着，草原的尽头处，忽然亮起一盏灯，灯下呈现着“山穷水尽”与“柳暗花明”。天上的云也散净了，一条宽广平坦的大路便展现在眼前了。

虽然草原还是黑暗的，但是有灯就有路，有路就有屋，有屋就有村落，有村落，人与人之间就有情，有情就有爱——爱像是一盏灯，千百年来就这样点亮人心，也燃烧出不朽的故事，每每灯下捧读，常忍不住要泪雨沾襟。

我相信，爱情里有永恒的质素，历经千百代、亿万人，这种质素仍然万古长新。但是，世上有历久不变的爱情，却没有永远不变的爱的面貌。

爱情的面貌必会随着时代、思想、时空、人物的改变而改变。虞姬爱项羽，献舞自刎，项羽爱虞姬，割首挂上鞍马；司马相如爱卓文君，作千古诗赋，卓文君爱司马相如，能除袍服、当炉卖酒；明武宗爱李凤姊，愿弃江山就美人；白蛇为了求人世情爱，不惜牺牲千年修炼；宝玉和黛玉有木石前盟；而“孔雀东南飞”、梁山伯与祝英台，皆不惜殉身以寄望来世的情爱……

这些千千万万中国的民间传说与史实，有令人惊诧的一面，但若就“常中有变”的观点来看，仍然不脱正常的轨道，是可以理解的。

借着采访的机缘，我经常路过各地的贞节牌坊。那不过是普通而单调的石坊，却深深地震撼着我的心。我每次看到贞节牌坊，都不禁俯首默思——如果它是见证情爱的，是不是还是正常的轨道呢？如果它是见证贞节的，背后又蕴藏了什么？

贞节牌坊在近代经常受到扭曲和诟病，人们认为它是不道德的，是封建社会的表征，保存它只是因为它是古迹，但它已不再有任何教化意义。几乎没有人从正面来看它，用新的观点来肯定它，于是，贞节牌坊在现代社会被当成神秘、落伍、不道德、违背人性的标志，慢慢萎缩到各地最难得一见的角落里，而在人心中，更是消失得无影无踪了。

行之数百年的贞节牌坊，在现代人的思想、环境、观点下，难道就应该寂寞风露立中宵吗？就应该独对青冢向黄昏吗？

如今，情爱的坚贞与永恒的质素，发生了很大的变化，许多人不禁要问：“天底下到底有没有贞节？有没有爱情？”在情爱被许多人看得不值一文的现世，在贞节用钱可以轻易购得的社会，贞节牌坊到底是什么呢?

我觉得，它是一盏灯，即使不能照见我们的前路，至少也能让我们的心灵产生遐思。在那块石坊中，往往有一个哀怨的生命，透露出对贞节与情爱肯定的信息。她们的一生是短暂的，这些信息却是长久的。

有一次，我路过台南一座贞节牌坊，看见有人把竹竿架在坊上晾晒衣服。我心中翻滚不已，一股热血驱迫着我，使我觉得那次去贞节牌坊，不是“路过”，而是专程去看、去写、去记录、去沉思，以此点起许多人久已丧失的贞节与情爱的灯。

在我们的时代，我认为，这盏灯不点在白昼，而点在黑夜。

贞节观念在中国

现代人常有一个错误的观念，认为中国自古就是对妇女的贞节戒律深严的国家，其实这是不正确的——在中国妇女的生活史上，贞节的观念虽古已有之，但最初对其的态度是自然包容，而不是将其看成“天条”，因此不仅合情，也合理。

从《易经》的记载可知，在中国礼教初成之际，“贞节”是泛称，也具有多样的面貌。《诗经·秦风》的《葛生蒙楚》中虽然描述了邻里对守节寡妇的赞美，但我们应该辨明，这位寡妇之所以守节乃是出于深挚的情爱，是从内心焕发出来的决心，而不是被社会力量所压迫。也就是说，早期对妇女的贞节并不严苛，而是遵循生命自然的律动，可惜这种面貌只维持到秦朝。

由于秦是以“法”来规范社会的，妇女的贞节也在规范之内，这可以说是中国重视贞节的开始。不过，秦朝虽然力倡贞烈，但却更重视“男女双方互负贞操义务”。同时，再嫁仍是民间的常态。

遗憾的是，汉班昭的《女诫七篇》已经对妇女的贞节进行了恶毒的扭曲，但也终是以“天”和“礼义”来作精神上的规范，在礼制和法规上并无“禁止改嫁”。

和前朝相同，魏晋六朝的妇女守节问题，仍是双线发展的，即鼓励“守节”和“不反对改嫁”。

到了唐朝，朝廷非但不禁止改嫁，甚至还颁发法令，对于为夫服丧期满的寡妇，劝导她们再嫁。

由周至唐，双线发展的贞节观是妇女生活的特色。

宋理学兴，程朱等人不但在学问上穷经究理，于贞节方面更是力倡“饿死事小，失节事大”的非人性守节。

明律、清律对于妇女守节的重视，使父母人伦都逊色了。尤其是清代，贞节观念已经走到“宗教化”的地步，不但把夫死守节视为当然，就是未嫁夫死，也要尽节，偶尔为男子调戏，也应寻死。

民国成立后，虽然贞节观念还是有形无形地存在着，可是比起明清，中国妇女到那时算是从贞节的樊笼中挣扎出来了。

岁月流转，在男女平等的今日，我们来看看贞节牌坊到底是在什么标准下被建立起来的。

贞节牌坊是如何建立起来的

贞节牌坊建立之早，早到令我们难以想象。

最早用实质的东西来褒奖贞节，根据《汉书·宣帝本纪》的记载，是在汉宣帝神爵四年（公元 58 年）“诏赐贞妇顺女帛”。屈指一算，这已是一千九百多年前的事情了。

当然，顺女帛是一块布，不是一座牌坊，但是在实质意义上和牌坊是无二致的。以其最初的重要性，我们可把它看成牌坊的起源。

此后，旌表不断。

所谓旌表，是一种为了振作风俗教化的国家政策，也是我国自古以来专属于皇帝的荣誉授予权，十分受重视。

旌表发展到清朝而大盛，由《大清会典》可以看出，清朝旌表的种类，即接受的资格包括十二种：节妇、烈妇、孝子、义夫、殉难官民、名宦乡贤、乐善好施、累世同居、百年耆寿、五世同堂、亲见七八代、一产三男。

旌表有点像今天褒扬好人好事，或五代同堂、三胞胎等登在社会版的新闻，只是今天是社会大众的钦羡和褒扬，古代是皇帝所赐的荣誉，形式虽不一样，其同为荣耀的性质则是一样的。

在这么多种旌表之中，最为人重视的是节妇、烈妇、孝子、义夫四种，因为这四种乃是我国最大的人伦。能接受旌表不是靠运气的，也不是光靠行善事，而是个人意志力的最高发挥，即必须经过长时期的忍苦耐艰才能做到，有时惨遭不幸还需要奋不顾身。今天想起来，我们仍会感到无限崇仰，何况是古代?

怎么样的“贞孝节烈”之人可以获得皇帝的旌表呢？在《凤山县采访册》中访贞孝节烈妇旌表事例中曾经有很详细的记载：

一、孝子割股伤生及烈妇夫死无遗嫁情形而遽殉节者，奉旨不准给旌，此自圣朝广大好生之德；然有出自至性，割臂割股疗病至愈，两无伤损者，优傀情重，不因逼迫而慷慨以殉夫者，由六部九卿科道强臣奏请旌表，候旨遵行。此足见我朝典例，仁之至，义之尽。凡我士民，当仰体朝廷德意，遇有此等，一体开报。

一、列女分贞、孝、节、烈四种名目。女曰贞，妇曰节。孝者，妇女善事其父母、翁姑也。烈者，妇女惨遭不幸，奋不顾身也。此须分晰明白。

一、女未字在母家守贞者，曰贞女。已字未嫁而夫死，途赴夫家守贞者，曰贞妇。女家无男子，女自誓在家守贞，奉养父母终老者，曰孝女。出嫁孝养舅姑代替危难者，妇女代夫危难者，均曰孝妇。夫死守节，孝养舅姑，抚孤成立者，或无子而守节终养者，均曰节孝。凡节未有不孝者也。不论妻妾，但年三十以前夫死而守节至五十岁者，或年未五十身故，其守节已及大年者，均曰节妇。

一、夫死以身殉夫者，曰烈妇。遭遇盗贼，强暴捐躯殉难者，妇曰烈妇，女曰烈女。力不能拒，羞愤即时自尽者，亦合旌表例建坊。凡妇女贞而兼孝者，曰贞孝；兼节者，曰贞节；兼烈者，曰贞烈；节而兼孝者，曰节孝；兼烈者，曰节烈。各随其事实变通办理可也。

一、女许字未嫁而夫死，女往夫家守贞身故及未符年例而身故者，一体旌表。

一、妇女遭寇守节致死，历事历年久，准补行请旌建坊。

一、节妇夫死毁容自誓，如命女割鼻之类。近年新例不俟年限即行给旌，如遇此等，亦应开报。

一、本省府感州县开报员孝节烈妇女，请注明某里、某乡及里乡户首姓名，贡举生监保认姓名，以备查核。

一、贞女、孝女请载父母名氏，云某人之女某贞姬、贞娥、贞姑，称谓各随乡俗可也。已许字者曰字某姓，未字则云未字。

一、贞烈节妇，请载夫名，云某人之妻某氏；孝妇兼载舅姑名氏。

一、贞节妇某年于归，某年夫卒，计守贞守节若干年，现存年若干岁；其未五十而身故者，载某年身故，计生前守贞、守节若干年。

一、节妇有子几人，或抚子、或无子，均请分晰载明。凡妇人守贞砥节，其志至苦而其神至清，故子孙多致贵显，非独天之报施不爽，亦其平日之懿行淑德所以感之者有渐也。如贞节之子孙，有得科名仕官者，均应详载。

一、烈妇、烈女，请载某年月日遭寇贼强暴自尽。其贞、孝、节三等妇女卒之年月日以及葬地，有可考者，亦应载明。

一、贞、孝、节、烈妇女已请旌表者，应书明某年月日，某官某题请旌表。其未旌表者，亦应书明尚未奉旌表。

一、贞、孝、节、烈业经题奏，奉旨予旌，而通志遗漏未载者，亦请开明补刊不误。

从以上这份详明的记载中，我们不但知道了什么样的人应该旌表、受旌表的妇女有哪几种，也明白了获得旌表的不易。从这份记载中，我们也可以推知，清代重视建牌坊旌表，显然是经过长时间的酝酿、推敲的，不然很难有这样详明而要言不繁的法则吧。

最初有一条规定是对三十岁以前开始一直寡居到五十岁者的旌表，明确规定要守寡二十年，但是清世宗雍正三年 (1725 年) 起减为十五年，再到宣宗道光四年（1824 年）时减为十年，又在穆宗同治十年（1871 年）时再缩短为六年，可见愈到清朝后期，旌表的条件愈放宽。这种改变，一方面显示了朝廷的德政，一方面恐怕也是民众对这项荣誉的需求吧！

但是，我们怎样才能知道民间有哪些妇女合于上述条件呢？她们的贞节牌坊又该如何营建呢？这种制度会不会产生什么流弊呢？

牌坊的建造程序及准则

在我国，旌表妇女一事自古就由皇帝亲自批准，一来表示其隆重，二来希望借着帝王的赏赐来使民心悦服，三来希望作为社会道德的规范。

但是，皇帝自然没有办法一一去查访全国的孝子、顺孙、义夫、节妇，及贞烈妇女，所以这个工作便委由全国的地方官吏来做。这方面的工作以清朝做得最为完备，因此我们以清朝为例来加以说明。

在清朝，各府州县有许多儒学者，到处访察孝子、顺孙、义夫、节妇，以及贞烈妇女，经察合于规定的，便上报该府州县的督抚，督抚经学政使同意后，一即咨报礼部，一即上奏皇帝，皇帝即附之于礼部之复议后予以准许。

皇帝准许后，便命各地方官支银三十两，让被旌表的人家建造牌坊，并且将受旌表者的姓名刻在属于府州县所建的“忠义孝悌祠”或者“节孝祠”内的石碑上，同时把其神主牌安置在祠内，春、秋二季由地方官来祭祀。

“忠义孝悌祠”是祠内建有石碑，而“节孝祠”是祠外建有一座刻着姓名的巨大牌坊。如果牌坊刻满了，就立即新建一座牌坊。

历代奖励节妇设旌表，是皇帝进行表彰的一种善行，所以不分贫富贵贱、妻妾婢女，只要合乎条件，都能够得到旌表的恩典。

建牌坊的银两来源，有官银和私银两种。像前面所说的由皇帝恩准、支银三十两建牌坊、受祭祀的，就是用的官银；而如果有寡妇合于规定的，她的家人可以请愿在家中自建牌坊，由官府批准，自费筹建的，用的就是私银。

寡妇守节合乎年限是一般节妇的正常情况，可是在奖励守节风行以后，却生出许多不正常的情况。

第一种不正常的情况就是“订婚女守节”。女子凡是在订婚后，未婚夫死亡而留家守节或到夫家守节的，都视同寡妇守节，可以得到官方的同等对待；如果她在未婚夫死后，于神主牌前结婚，婚后脱下礼服换穿丧服，夫家即以媳妇看待；如果未婚夫死后，殉死自尽的，则被视为贞烈之妇，也可以享受同样的优待。

第二种不正常的情况，是妇女将遭强奸之际因反抗而被杀伤的，也可获得旌表；倘若遭遇强奸后才被杀害，或被强奸后自尽的，同样加以旌表。但是，这一类旌表获得的官银只有十五两，且不许在祠内设神主牌祭祀。此外还有一个附加规定，就是自尽发生在翌日以后的，一律不加以旌表。如果是童养媳在未成婚前，因拒夫调奸致死或羞愤自杀的，也发三十两官银建坊。

第三种不正常的情况，几乎是无所不用其极地要找“节妇”来旌表。譬如遭遇寇匪时守节致死的，不论其年代有多久远，经查属实就给予旌表；节妇被亲属逼嫁致死的，被本夫逼令卖奸而自尽的，被翁姑勒索致死的，都给予旌表；举凡仆妇、婢女、女尼、女道等拒奸致死的，也通通有奖，给予旌表。

我们查看这些历史记载时会发现，“守节”不但是国家和社会给予的奖励，甚至成了一种习俗，到后来，“守节”竟成了社会的正常状况，变成大家所努力追求的事情。

记得几年前，电影导演李行曾拍过一部《贞节牌坊》的电影，来检讨这个历来被中国人视为自然的事实。我在此作一个严厉的批判，一想到在一个偏僻的小渔村中，一大堆寡妇为了造一座牌坊而受尽人间悲惨，我深感“守节”真是违背人性和人文精神的事情，不禁心有戚戚。

几百年来，中国的妇女，不分贫富、贵贱，不分妻妾、婢女，都活在这个无法超脱的桎梏之中，而这个桎梏正是中国人共同制作的。妇女被强暴后翌日以及以后自杀的，即不给予旌表——这无异于强迫妇女在被奸后马上自杀，我不禁为中国古代的妇女拭一把同情之泪。为什么我们这样一个文明的古国，曾经却长期处在这种黑暗的无知中呢?

我认为，节妇的旌表是中国人的一个耻辱的戳记，也是一个无知世代的悲剧。当然，这些受旌表的妇女是无辜的，甚至是让人感动的，只是这个悲剧本身却充满了无可奈何的抗诉，这是所有中国人都应该深思的。

在回顾中国的这一页沧桑之际，我们也来看看台湾的贞节烈妇。自清初至今，台湾有多少被旌表的妇女呢？根据记载，在台湾，清朝时期的节妇的人口分布为：台湾县五十六人、凤山县七人、诸罗县三人、彰化县三十七人、淡水厅八十九人、澎湖厅三百一十九人，总计六百一十一人。

台湾仅在清朝的统计中，就有六百余位妇女沦入这条可怕的道路，可想而知，在整个苦难的中国，不知有多少这样的妇女呢！她们用苦痛而挣扎的一生换来一座牌坊，却在几百年后被风化，被遗忘，只剩下一些统计数字。能够守节以终的妇女还是幸运的，有些没有那样幸运，她们是殉死或自尽的，用的方式包括活埋、自焚、缢死、切腹、刎颈、投水、服毒、割舌等。想到牌坊与生命之间最后一刻的选择，不禁感到毛骨悚然。为守节而自尽的妇女被称为“烈妇”，在台湾的分布为：台湾县十七人、凤山县六人、诸罗县三人、彰化县二十八人、淡水厅二十一人、澎湖厅八人，总计六十三人。

从统计数字来看（真正的节烈妇女绝对超过统计数字），台湾的节妇和烈妇共计六百七十四人。这六百七十四人得到旌表后究竟流落到什么地方了？她们的旌表如今又在何处？

多年来我做着采访工作，每到一处，总要去探访那些已经被岁月和风霜剥蚀掩埋的贞节牌坊，去凭吊那些寂寞的心灵。目前，台湾的贞节牌坊只剩下八座，而且一座比一座破落不堪，几乎无人管理，更不用说整修或改建了。

台湾的贞节牌坊

现在我们就来看看台湾仅存的这些牌坊。

一、周氏节孝坊

这座牌坊位于台北市北投区的代天府旁边，是双十字形的，没有盖顶，形式非常简单，比较引人注目的是站在两边的小石狮（已破损得不成形）。

牌坊的四根石柱也残败不堪了，几乎看不出它的原来面目。石柱上刻了对联，不仔细辨认的话，根本看不出写了什么。对联上是这样写的：

内亲舅母，外戚妻姑，卅载独歌陶鹄；

上为尊嫜，下慈孙子，九原不愧梁鸿。

激其浊，扬其清，遵乎内则；

树之坊，立之表，祭及外家。

这座牌坊建于道光三十年（1850年），是为了表彰陈玉麟的妻子周氏的。周氏早年丧夫，守节扶孤，侍奉翁姑至孝，三十年如一日，因而为其建牌。上面还有刻字：旌表台湾府淡水厅故儒士陈玉麟之妻周氏。

周氏守节三十年，其牌坊垂之百余年，但她死后却只留下一个姓氏，早死的丈夫反而可以留名，思之令人浩叹！

二、黄氏节孝坊

这座牌坊位于台北市新公园内，也是双十字形的，因为处于公园内，有六成新，是台湾目前保存得最完好的贞节牌坊。其实这座牌坊原来建于贵阳街，是清光绪八年（1882年）建成的，后来因为原地要建官舍才于光绪二十七年（1901年）迁移到新公园内的。

黄氏节孝坊上题有“节孝”两字，下刻“清旌表故儒士王家霖妻黄氏坊”，柱上也有一副对联：

廿八岁痛抚藐孤，从夫之终，从子之始；

六十载永操劲节，为母则寿，为妇则贞。

这是为了崇扬艋舺王家霖的妻子黄氏，她二十八岁死了丈夫，守寡六十年而终，上事父母，下抚孤子，乃是中国贞节妇女的典型。

可惜的是，黄氏节孝坊并没有受到新公园游人的重视。设立贞节牌坊原是为了流芳百世，我问过许多游人，他们甚至不知道新公园里有一座百余年的贞节牌坊，由此也可见这“流芳百世”是多么微弱了。

同样，在台北大龙峒原来有一个“陈门双烈”的贞节牌坊，在第二次世界大战时，日军驻在大龙峒，认为这座牌坊妨碍运输，就将其拆除了。

唉，有多少贞节牌坊和它的主人一样，不但没能流芳百世，反而化为一堆尘土了。

三、杨氏天旌节孝坊

这座牌坊位于新竹市石坊街六号门前，是双十字形的有盖的贞节牌坊，正面留有刻文："圣旨天旌节孝旌表台湾府淡水厅本城民人林炽之妻杨氏，道光甲申年〇（看不清）月立。"

"道光甲申年"就是道光四年（1824年），柱上有对联：

苦雨凄风，未悔当年九死；
黄章紫诰，共钦此节千秋。

问视椿萱，妇能代子；
栽培桂树，母可兼师。

杨氏天旌节孝坊处于新竹市区内，民众云集，但大家早已忘了杨氏当年的辛苦，因此牌坊也已破烂不堪，观之令人心痛。

四、张氏天旌节孝坊

这座牌坊位于新竹市湳雅里湳雅屠宰场的门前，正面的刻文是"节孝皇清旌表同安县金门故淡厅庠生郑用锦妻张氏坊"，是同治五年（1866年）建成的，是为了表彰张氏守节四十年，上有对联：

苦节坚贞，四十载矢志柏舟，礦溪流洁；

恩纶奖赐，千百年垂芳彤管，瀛峤风情。

北郭清风垂壸范；

东瀛皓月照贞心。

在这里，每天被屠宰的猪羊不计其数，猪崽哭号之声不绝，腥臭冲天，张氏地下有知，不知有何感叹！

五、苏氏节孝坊

这座牌坊位于新竹市浦雅里，在“南郇福建”古庙的门前，是清光绪六年（1880年）为了旌表台湾府淡水厅儒士文林郎吴国步的妻子苏氏而建的。

柱上有对联：

守从一而永终，玉洁冰清，苦节更同奇节；

垂在三于不朽，鸾章凤诰，恭人无愧完人。

持节本家风，廿九岁操凛松筠，白华志节；

褒旌昭国典，四十年名成获教，丹陛恩纶。

苏氏节孝坊是比较幸运的，因为它位于庙门前，有管理人员，因此保存尚好，而且香火不断。

可是，香火不断又能如何呢？

六、林氏贞孝坊

这座牌坊位于台中县大甲镇顺天路和光明路的交口处。

今年干旱期间，我曾到大甲镇去，看到大甲人正和别地区的民众一样受着干旱之苦。林氏贞孝坊附近有许多摊贩，摊贩们把垃圾倒在坊下，因为缺水，这座牌坊因此脏乱不堪，臭气冲天。

林氏贞孝坊是道光十三年（1833 年）为了旌表节妇林春娘而立的。林春娘是大甲本地人，是大甲中庄林光辉的女儿，从小就给余家做童养媳。她十二岁的时候，未婚夫余荣长被水淹死。林春娘矢志不嫁，侍奉余母。有一次，余母染上眼病，看不见东西，林春娘用舌舔她的眼睛，使余母的眼病好转。林春娘抚养族人的孩子为嗣，但不久孩子就夭亡了。后来，她又收养了一子，可惜儿子取妻生子后也死了。林春娘含悲与媳妇抚养幼孙，虽然遭遇这许多不幸，但丝毫不改其志，渐渐得到了大甲人的敬重。

同治元年（1862年），彰化人戴潮春纠集八卦会党反抗清朝，他们认为大甲是来往北台湾的枢纽，因而三次围攻大甲，而且截断了上流水源，使大甲缺水。据说，三次围攻中，大甲人公推林春娘拜天祈雨，幸得降下大雨，使得饮水无缺，民众才得以协力保全大甲。祈雨是社稷大事，由林春娘一个女流之辈主持，可见她在大甲民众心目中的地位了。

林春娘守寡七十四年，八十六岁去世。

林氏贞孝坊是顶上有屋盖的双十字形牌坊，柱联上写着：

未成人而丧所夫，七十年中苦雨凄风何心共白；

既及身而隆美报，千百世后陈诗修史有眼皆见。

十二龄催胆披肝，苦节深闺月旦；

七一载饮冰画荻，叨恩大树风声。

后来，大甲的地方士绅因为尊崇她的贞节，塑其像于大甲镇澜宫内，受民众膜拜，并被称为“贞节妈”。

回顾林春娘的一生，与水有很大的关系：她的未婚夫是被水淹死的；她三次祈雨解救大甲；她百年后却因干旱，脚下被摊贩弄得脏乱不堪——这恐怕是一个很大的讽刺吧！

七、赖氏天旌节孝坊

这座牌坊位于苗栗镇高苗里天云庙旁，它的正面和后面刻有：“圣旨天旌节孝台北府新竹县猫狸街儒士刘金锡之妻赖氏节孝坊，光绪九年葭月日。”

光绪九年就是一八八三年，这是为了旌表举人刘献廷之子刘金锡的妻子赖四娘而立的牌坊。

赖氏早年丧夫，守节尽孝，享年八十四岁。柱上也有联语志其事迹：

想当年夫死身妇死心，不忘青孀留白洁；

观此日显对人幽对鬼，自对皓首得芳名。

贞妇全夫直，以苦衷补天憾；

得亲训子只，留奇行翼人伦。

由于赖氏天旌节孝坊位于寺庙之旁，幸运地保留了原来的面目，赖氏也得以在一个比较干净的环境中享受她的俎豆馨香。

八、萧氏节孝坊

这座牌坊位于台南市府前路三〇四巷三号福安宫门前，是本省的贞节牌坊中最特异的一座，它不是一般的双十字形，而是“两柱一间”的格局，样式简单而庄重。因为坐落的地点好，加上台南市政府近年来对古迹的整理和保护，它不致遭到破坏。

萧氏节孝坊是嘉庆五年（1801 年）为了旌表太学生沈耀文的妻子萧氏而建立的，柱子上的对联这样写着：

梦熊三月守冰清，树坊显夫子之名；

衔凤九天荣壶秀，画庄垂后昆之裕。

我每次到台南都要去凭吊萧氏节孝坊，那里比较幽静，经常有小孩子骑着脚踏车在附近戏耍。我想，这也许是她最好的安息之处了。

无语问苍天

审视现存于全省的八个贞节牌坊，便可知道这些女子的寂寞身后名了，可是为什么她们在生时要忍受刻骨的寂寞呢？

连横先生在《台湾通史·烈女列传》里说得好：

夫妇之道，人之大伦。男子治外，女子治内，古有明训。台湾三百年来，旌表节妇，多至千数百人，虽属庸往之行，而茹苦含辛，任重致远，固大有足取焉者。夫人至不幸而寡，家贫子幼，何以为生？而乃躬事缝纫，心凛冰霜，日居月渚，照临下士。卒之老者有依，少者有养，以长以教，门祚复兴。其功岂不伟欤？又或变起仓卒，不事二夫，慷慨相从，甘心一殉，贞烈之气，足励纲常，斯又求仁得仁者矣。昔子舆氏谓可以托六尺之孤，可以寄百里之命，临大节而不可夺者，是君子。余观节妇所为，其操持岂有异是？惜乎其不为男子，而男子之无耻者且愧死矣！

所以，我觉得妇女坚立贞节牌坊虽是“庸德之行”，不足为训，但是从人格的角度看，她们能终生守一专志，春秋不移，其人格是相当完整的。

如今社会形态改变了，道德尺度相异了，妇女的贞节也不像古代那样成为一种模范了。但在今天，贞节仍有可资借鉴的地方，它就像一盏灯，微明微灭，如果我们不能正视它，它很快就会熄灭了。

从另一个角度来看，我们可以把这些贞节牌坊当成古迹，比起林安泰古厝、板桥林家花园等古迹，这些牌坊的历史意义与社会价值丝毫不会逊色。它们就像一面面镜子，让我们照见古代中国妇女的悲痛心灵，并且可以发现隐埋在中国人天性里的一些不变的面貌，从而有所警惕。

令人感叹的是，它们在百年的蜕变中，慢慢隐进了繁华街市的深处，成为杂草荒烟里的寂寞的纪念物，终日无语对苍天，在绚灿的夕阳中慢慢失去了光华。每当我在坊下徘徊，读着优美的联语，想到那些碎宝玉于寒冰的妇女，就会想，她们在黄章紫诰的表彰下，固不一定能共钦此节千秋，但于苦雨凄风之间，恐怕也不一定未悔当年九死吧！

在怀古之余，我想，谁能为我们点燃那一盏寂寞的灯呢？

如果我们能知道并了解古代的婚礼，必然可以增强我们对历史及文化的信心。我们的传统民俗是一种动态的文化，是一种礼乐的文化。

传统婚礼的“六礼”

从现代的眼光看，传统婚礼是繁缛隆重的。在文化与社会的演变中，以传统的文化为背景，这种繁缛隆重是必要的，它一方面表现了家族社会婚礼的严肃性，另一方面则是伦理的礼仪规范。

依照中国旧有的风俗，传统婚礼必须遵循“六礼”进行，每一种礼数都有相当严格的规矩，要花费巨额的金钱——这“六礼”就是：问名、订盟、纳彩、纳币、请期、亲迎。其中的任何一种礼数都可能主宰男女双方的婚姻。

传统的婚姻依照的是“媒妁之言”，因此问名是相当重要的启端。当男方认为女方姑娘合乎自己的条件时，就托请媒人到女家说亲，女方同意的话就要问名，也就是“合八字”。

所谓“八字”，也叫“生庚”，包括了人、生、年、月、日、时、干、支八项。

先要将“八字”写在一张红纸上，格式是：

男○○○干造○○年○○月○○日○○时建生

女○○○坤造○○年○○月○○日○○时瑞生

然后请算命先生批“八字”，看看男女双方的相性如何。相性好，婚事才继续进行；相性坏就作罢。所以，问名是婚事之门。

“八字”看好以后就进入订盟的阶段。双方择定吉日，由男方拿着聘礼去相亲，聘礼包括金花、金环一对，金戒指、铜戒指一对，耳饰一对，还有礼饼、礼香、猪羊肉等，其中有一个重要的仪式是从红线绳上取下金戒指和铜戒指戴在姑娘手上——中国人都相信，姻缘是前世注定，是月下老人用红线系在一起的，因而两枚戒指一开始就结在红线绳上。然后把男方送来的一切礼物供奉在神佛和祖先面前，向神佛、祖先禀告已完成女儿的文定之礼。

订盟之后是纳彩、纳币（通常合并举行）。纳彩、纳币也称“完聘”或“大聘”，除了送女方礼金以外，还有“扛槭之礼”，就是将礼物排成一列，由挑夫在鼓乐与鞭炮声中送到女方家，仪式甚为隆重。女方要从聘礼中取出部分回谢男方，并赠男方一套衣帽鞋袜，以备结婚典礼时穿用。

纳彩、纳币的仪式完成后，男女已订终身，就要择吉日迎娶，用普通话说是“迎亲”，用台湾话说是“亲迎”。这是整个传统婚礼中最繁复、最热闹的一个环节。

此次台南市政府办的“清代民俗婚礼仪式”就是一个将纳彩和迎娶大礼融合而成的“亲迎”仪式。

台南市重现“亲迎”仪式

一九八〇年二月十三日是台南市市民的大喜日，这一天，台南市政府经过一年的策划，举行了一个三百年前的传统婚礼，掀开了遗失已久的传统婚礼的帷幕，也揭开了“台南民俗文物特展”的序幕。老一辈的台南市市民心中还保有过去传统婚礼的馨香，年轻人虽然不知，却同样能受到传统婚礼带来的震撼。

二月十三日早晨七点五十分，经过台南市政府挑选的新郎郑铎已经沐浴更衣完毕，穿戴好结婚的礼服和礼帽，在其父的引导下抵达祖先的宗祠“延平郡王祠”，先行“四拜四叩礼”祭告祖先，并读祝文。

新郎站在后侧，父母站在前方左右。

新郎面向祖先灵位而跪，由父亲举起酒杯向外作揖，三度洒酒以祭天地，然后手执空杯再作揖，接着转身面向祖先灵位，换一个斟满酒的酒杯交给新郎，说：“今天是你娶妻的吉日，从此你要上承宗祀，下惠家政！”

新郎跪着接酒说：“一切照办，岂敢违命！”

新郎将酒喝下，再四拜四叩才起立。

父亲拿起画有朱笔八卦的除魔符戴在新郎头上，新郎步出宗祠，在鼓乐锣声的引导下，骑马带轿，在媒婆的伴随中，浩浩荡荡地向女方家出发。这是“亲迎”的启端，它的隆重表现了中国传统承宗继祚的重要性，新郎迎亲不是个人行为，而是以强大的家族背景为依托的。

另一边，女方家暂设在临水夫人庙，新娘吴艳华清晨四时起床，穿戴好凤冠、凤袍、霞帔，盛装等待新郎来迎娶。

在新娘准备的过程中，新郎正骑马缓步而来，象征辟邪的彩色米筛悬挂在轿后，锣鼓愈来愈热闹，沿途民众都跑出来观看，处处响着鞭炮声，一片喜气。

不久，新郎到了临水夫人庙前，由小舅子来请新郎下马。

新郎先跪在女方家的正厅中央，在岳家神佛与祖先的灵位前行祭拜礼。

岳父母领着女儿出来，向祖宗禀告女儿出嫁，念祷祝文，文曰：

吴超群之长女，将于今日，归郑氏，敢吉，仰冀昭鉴，俯垂庇佑，谨告。

整个仪式与男方迎亲前的仪式相同，最后父母训女儿以宜家之道，诸如“以后应谨慎小心，侍奉翁姑”、“不可违背丈夫的意思”之类。

更变传统观感的大事

仪式结束后，女方父亲出门迎接新郎。

新郎跪地两拜平身说：“婿受父命，来此举行嘉礼，谨听遵命。”

岳父回答说：“愿遵礼照办！”

新郎再度跪地行礼，新娘与侍女一起出来拜见新郎，女家献蜜茶、四果汤、鸡蛋汤、腰子汤等“甸汤”给新郎饮用，均取其甜蜜、吉祥、圆满之意。

女方母亲为新娘加巾盖首，新娘为因为将离家而啼哭，然后新郎在前，新娘随后，由媒人、侍女左右搀扶，掀帘上花轿，往男方家出发。送亲队伍加进迎亲队伍里，送亲小弟、伴娘、挑夫及送亲亲友等人也一并加了进去。

整个迎亲的行列次序是：迎亲亲友、灯、锣上、鼓吹、伞、新娘花轿（媒婆、伴娘、新郎、送亲小弟分在两侧）、扇、妆桶、南管、送亲亲友。

这一次台南举办传统婚礼仪式，为了激起民众对整个民俗文物特展的积极性，特地壮大了迎亲队伍绕街的程序，以临水夫人庙为起点，路经府前路、博爱路、中山路、民权路、西门路、安平路、海安路、中正路、西门路、府前路，最后抵达婚礼的现场台南体育馆。被鼓乐声、鞭炮声，以及传统婚礼吸引来的民众沿途夹道，途为之塞，这一对幸运的新夫妻举办婚礼已经不是个人的私事，而是成为牵动台南市民更变传统观感的大事了。

在几万人的围观与祝福中，迎亲队伍通过人潮汹涌的街道，抵达了台南体育馆，而体育馆的广场上早已挤满了人，许多人从体育馆窗口探出头来，甚至连体育馆四周的矮墙上都站满了人。

新郎与新娘的婚礼仪式是迎亲的高潮。新娘自前倾的轿中步出，走在长长的红毡上，走向生命的另一个道途，翠头玉簪，莲步轻移，珠动影摇，场内场外都响起了震天的鞭炮声，司仪在鞭炮声中宣布结婚典礼开始。

传统婚礼是动态的民俗大展

主婚人（男女家长）面向内站在堂中，新郎登堂站在左侧，新娘登堂站在右侧，主婚人率着新郎、新娘祭告祖先。

新郎、新娘在主婚人的指导下，一拜天地、二拜祖先、三拜高堂、四夫妻交拜。

男方的亲戚则分成两列站在左右，新郎、新娘拜见亲长，亲戚们备见面礼给新娘，新娘行礼如仪。然后被送进洞房，乐声再度响起，礼炮不绝，婚礼到这里才算真正完成。

在洞房中，新郎掀起新娘面纱，也掀起了传统婚礼的帷幕，让现代人能在喜乐之中看见传统脉流的珍贵所在。

传统婚礼在台南市举行，是值得我们深思的。社会、交通、经济的种种转变，已使得繁缛隆重的传统婚礼不能为现代人所接受，轿子和马被淘汰了，嫁妆也变成了电视、冰箱、洗衣机等家电，连结婚仪式也被简化了。

这是“现代适应”的问题，但是大抵的程序仍然是古礼演化来的，我们不必为传统婚礼的改变或消失而痛心。

但是，如果我们能知道并了解古代的婚礼，必然可以增强我们对历史及文化的信心。从民俗的角度来看，整个婚礼的过程，就是一个动态的民俗大展，它可以让我们看到古人的衣、食、住、行，而文化的根源与精髓也就在其中了。

台南市政府用传统的婚姻古礼来揭开为期两个月的民俗文物特展，有非常重大的意义，它让我们体会到，我们的传统民俗是一种动态的文化，是一种礼乐的文化。"文物特展"的用意不在于复古，而在于重现、保存。

这一次传统婚礼的举行，培养了一对"再生的凤凰"，这是台南市存心于文化的市长与市民努力的成果。我们也可以由这一次传统婚礼的成功举办，寄望中国传统文化能再生，也寄望台南文化由此得到发展，办好即将兴建的民俗村，为伟大的中国民间文化留下生机，以此为基础，再创辉煌的将来。

卷二　当代的风云

人的命运像一阵风

而人的一生如同一粒沙

被吹近了

又被吹远了

我所认识的李敖

世界上没有一个天生的理想社会，理想社会必须通过实验与改革，问题是中国背负了五千年的包袱，所以实验与改革更难，必须下猛药。

八月十日下午三点，李敖带着简单的行李到台北地检处报到，接受为期六个月的徒刑。他仍然维持了自己的风骨，不要朋友去送他，孤单而又顽强地走进监牢里去。不了解李敖的人会认为李敖失败了，但是了解李敖的人知道，这些俗世的监牢对李敖无损，因为思想的光芒，是任何铁窗不能隔断的。

我也没有去送李敖，虽然李敖是我最尊敬的朋友，也是我最尊敬的长辈。

第二天，与刘会云一起进晚餐的时候，我们谈起了李敖第二次坐监狱的一些事情。我们本来想安慰她，她却十分开朗，反而安慰我们："李敖去坐牢的时候还是笑着去的。"

虽然李敖去坐牢的时候确实显得那么镇定坚强，丝毫没有伤心的样子，却总让我心里觉得有一股凉意。

我想，在这个世界上没有人能真正了解李敖。我们这些自认为是他朋友的人，也只能看到他的一部分，然而有三点是可以肯定的——

一、李敖是个少见的才子。他博览今古，光耀的灵感不时闪现，如万斛喷泉，不择地皆可自出。他读书之广，思考之深，在这个社会中是难得一见的。

二、他是个少见的真人。他常说一句话："宁可做真小人，也不要做伪君子。"他爱憎分明，不肯纵容乡愿和无知。他的文章如利剑，下笔不留情，但对于朋友和弱者却格外宽厚。

三、他是个少见的细致的人。他做学问时博大精微，巨细靡遗；在生活上，他身边的每一个对象，都是经过精心挑选的，他对人的体贴几乎到了无微不至的地步。

我常想，李敖真像一篇好文章，里面有智慧、精心，有近景、远景，而且还没有废词、废句。

李敖复出以后，在他《独自下的传统》的扉页上写下了几行字：

五十年来和五百年内，

中国人写白话文的前三名，

是李敖，李敖，李敖。

嘴巴上骂我吹牛的人，

心里都为我供了牌位。

这段话引来了很多批评，尤其是卖文章的人对他更是不满。但这在李敖只是开了一个小小的玩笑，他做文章常喜欢夸张，喜欢嘻笑怒骂（生活上也是如此），可是就在这些夸张的笑骂里，他传达了他的思想，也传达了他深思后的信息。读他的文章，就像吃一颗裹了糖衣的苦药——他的夸张和玩笑，使人觉得那治病的良方不苦了；读他的文章，也像在沙中找金，必须慢慢拨开沙子才能找到，过程就是一种乐趣。

读李敖的人也是一样。一般人眼中的李敖是个顽皮的人，也是个玩世不恭的才子。他的四十六年几乎都表现了非常人的行径，做出了许多轰轰烈烈的事，其中有许多是别人不能谅解的。他的生活变动太大了，但是如果了解李敖，也就能了解到他变中有常，那就是他有一个不变的理想。这个理想是“得志与民由之，不得志独行其道？……此之谓大丈夫”。但是我们只看到了独行其道的李敖，而没有看到“与民由之”的李敖。

李敖的独行其道，用王安石的一首诗可以形容：

飞来山上寻千塔，
闻说鸡鸣见日升。
不畏浮云遮望眼，
自缘身在最高层。

李敖的“与民由之”，我们可以在他十六年前“上下古今谈”节目的开场白里看到，他自称是“自由中国最大的浪子”，然后说：

“所谓‘浪子’(Bohemia)，我的意思是指十九世纪三十年代以后的巴黎文人。他们从穷困中开创新境界，对恶劣的环境不满意、不屈服，任凭社会的排挤，‘浪’迹天涯，仍要把热情和抱负投向社会。他们不在乎‘相忘于江湖’，人们可以忘掉他们，可以让他们流浪，但他们却不忘掉人们。他们要振聋发聩，要追击不舍，最后一定要成功，要把社会改造，把人们唤醒——这是他们的真精神。”

事实上，“浪子”李敖在精神上有矛盾。他好几次说要到山上去隐居，好好写几部大作，可是当他看到人间不平的世相，又忍不住要横刀亮出他的肝胆，进行“理在情不存”的批评。他一方面心中想着出世，做小乘；一方面又忍不住要入世，做大乘。其实他的理想是“以出世精神，做入世事业”——他所有的事端、所有的横逆都是因此而闯。他当然也有怨愤的时候，但是他很少后悔。在长夜的孤灯下念起李敖，我总觉得或许他说得有道理——他本应是五十年后才降世的人，却不幸早到了人间。

认识李敖是两年前的事，知道李敖却很早。十五年前我在一个民智未开的乡下读初中二年级，每天都被呆板的功课烦得不知如何是好。那时我有一个堂哥在中兴大学读企业管理，他是李敖最早期的崇拜者。每次放寒暑假回乡，他的行囊里总会带几本《文星杂志》，闲暇的时候，我就拿出来翻翻，竟深深地被李敖的文章吸引了。那时，我的小脑袋瓜就认为李敖是个言人所不敢言、怒人所不敢怒的人。

那是一九六五年左右，也是李敖的黄金时代。他几乎每写一篇文章就惹火一些人，也换来更多掌声，他已经是个家喻户晓的人物了。后来他进了监狱，差不多坐了七年牢。那时我到台北读书，有机会读到他昔时的著作。从他文章的表面，我能看到他内心对整个民族文化的忧心。当时只恨吾生也晚，不能认识李敖，甚至跟他们有力的文化风潮都沾不上一点边。

后来李敖和胡茵梦恋爱，我因为采访的工作才认识了李敖。他的人和他的谈话都使我吃惊，因为第一次见面就和我长谈了四小时的李敖，竟不是过去我所知道的李敖。正如他写的《自画像的一章——文章·讲话·人》中说的：

不认识我的人，喜欢看我的文章；认识我的人，喜欢听我的讲话；了解我的人，喜欢我这个人。

我做人比讲话好，我讲话比我的文章好。光看我的文章，你一定以为我是一个穷凶极恶的家伙；可是听到我的讲话，你便会觉得我比文章可爱；等你对我有更深一层的了解，你更会惊讶：在李敖那张能说善道的刻薄的嘴下卅二公分处，还有着一颗多情而善良的心。

他说，在李敖家的门上应该钉一块牌子，上面写——内有恶犬，但不咬人。

他从恋爱、结婚、打官司，一直到第二次入狱，我们几乎每星期都见面聊天，有时谈到天亮，一起窝着吃生力面。李敖本来没有理由浪费时间结交我这个后生小辈的，但是他那样有耐心，总是告诉我一些为人处事和做学问的方法，而我从他那里学到最可贵的一点就是勇气。这两年，他要处理的事情太多了，遭遇的波折与打击也太多了，但他总是保持冷静，以极冷静、极细腻的态度来处理许多琐琐碎碎的事情。他面对着极大的压力，但从来没有退缩的神情，总是坦荡荡地迎上前去。

经过这么多事情的李敖，声名当然更响，虽然不一定是好的声名，连本来敬佩他的人也纷纷动摇或误解。在文艺界的聚会里，茶余饭后有许多人破口大骂李敖，这些人本来一提到李敖都会竖起大拇指的，后来竟也变成李敖的压力的一部分，我若极力为他辩解，最后总会闹到不欢而散的下场——这些从未见过李敖的人，编出许多种话来侮辱他。在许多更年轻的人眼中，李敖更不知道变成一个什么样的面目了！

因此，我觉得有必要翻开李敖的底牌，让我们看看李敖的样子。通过时光隧道，我们回到十六年前，看李敖为他自己写的简介：

李敖，吉林省扶余县人，祖籍山东省潍县，远籍云南省。民国二十四年（1935年）生于哈尔滨。他在北平读小学和初一（没念完），又在台中读初二至高三（没念完），又在台北读“台大”法学院（没念完），又在文学研究所读（没念完）。

喜欢买书、抽烟、看电影、看女人（有时候不只是“看”）。

著书七种：《传统下的独白》《历史与人家》《胡适研究》《胡适评传》（第一册）、《为中国思想趋向求答案》《文化论战丹火录》《教育与脸谱》，皆由台北文星书店出版。

现在有的是：一身是债、两眼近视、三餐很饱、四个官司。

本人面目平凡，特征没有，脾气欠佳。

喜说笑话。

写这个简介时，李敖才三十岁，但已经写出了许多惊天动地、掷地有声的作品。

从这里我们可以看出，李敖在二十年前，虽因叛逆而没有拿过一张文凭，但已初具他对社会的理想。他认为世界上没有一个天生的理想社会，理想社会必须通过实验与改革，问题是中国背负了五千年的包袱，所以实验与改革更难，必须下猛药。

今年一月，李敖因工作过度，胃出血，住在中心诊所二〇六号病房。我提水果去看他，他仍然精神焕发，笑着说："没想到你也未能免俗，提水果干什么?"

我看他精神好，自然很高兴，他拉开病床旁的抽屉给我看，说："医生警告我不能工作，我还是偷偷地剪报。"

我们谈到十六年前他写的简介，他开玩笑地说："现在不一样了，现在我是一身官司，两眼发直，三餐点滴，四面楚歌。"

后来又谈了很多生活琐事，他说刘会云又回到他身边来照顾他了。谈到文章写作，他把文章归为三个层次：一时一地的层次、中国的层次和世界的层次。

他说："现在的作家，眼光均放在第二个层次上，实在太狭窄了。我们要创作出世界的作品——光在小地方搞，算什么!"

第二天我随美国《国家地理》杂志的编辑到南部去采访，一路上都在想层次的问题。二十年前主张全盘西化的李敖，眼光确有独到之处，那时不知道有多少人围攻他，骂他流氓、疯狗。可是二十年后的今天，形势比人强，李敖的许多论点都不幸被验证了。但是他为了坚持，也付出不少代价，可见看得远和看得巧，都会使人变成孤独的强者。

李敖是个强者，他办到了许多我们办不到的事。

他第一次坐牢的时候，就要求把自己关在“黑牢”里。“黑牢”是只有两坪大的房间，用来处罚那些在监狱里惹是生非的人的，一般的囚犯都怕去，因为在“黑牢”里没有同伴，没有光，没有谈话的对象，只能一个人孤单地沉思。李敖却自愿进去，并且一坐就是五年十个月。

在“黑牢”里的李敖什么都不做。他每天在牢内散步，因为牢实在太小，他只好走对角线，每天走两个小时，以保持身体健康。其余的时间，他只好沉思，思考政治、社会、经济、文化的许多问题，大大小小，前前后后都想过了。有时闷得无聊，一个茶杯就可以思考一天——这就是为什么他出狱后的文章写得比入狱前更成熟、更深刻。

后来有人问他怎么样保持青春（他看起来比实际年龄小十几

岁），他常开玩笑说："上帝很公平，坐牢的时间没有算在内。"

牢里的后半段时间，他可以看书了。他在狱中读完了两套百科全书，还重读了一次二十五史，他不只是读，而且研究。有一次我翻他读的《大英百科全书》，发现每一页都用蝇头小字写了密密麻麻的批注和感想，这样专注恐怕是人间少见的。

今年二月二十六日，李敖刚被判了六个月徒刑。他来我家吃晚餐，说到他是怎么度过五年十个月的军法牢的。他把自己的生活条件放在生物的最低层次上，以维持一点点快乐的心情，他说："在牢里，每星期一、三、五都是'放风'的时间，可以出来见阳光十分钟。每星期二理发，星期四会客，都可以出来一下，这是快乐的事。有时候坐着没事，突然从窗外飞进来一小片报纸，里面的字一看再看，觉得文字真可爱，都可以乐半天。我觉得我最快乐的时光不全在出狱后，有一些是在狱中。"

在牢里，他还研究城市，他对伦敦、巴黎、纽约的街道结构，对文化、艺术、社会、经济，都了如指掌，卧游天下，也是一乐。他说："我这一次坐六个月，比起以前是小儿科。"

李敖的强不只表现在牢里。他出狱后住在金兰大厦，把自己封闭起来，在门旁边开了一个小洞，报纸、杂志、食物全从小洞里塞进来。他在里面工作，整理书籍和文稿，六个月不出门一步，不见任何访客，他称为“闭关”，试图弥补他和社会长久的隔离，他终于做到了。

他的意志和精神力之强，很少有人可以做到。他本来抽烟、喝酒、喝咖啡，可是说戒就戒，一日就办到。他长期每天工作十六小时，从未间断，饿了只吃冷冻水饺和生力面，靠的全是超强的意志力。

入狱前，他又“闭关”了一次，不听电话，不见访客，锁在房间里一个月，为的是写他的《千秋评论丛书》。预计在牢里的半年，每个月出一本《千秋评论集》，所以他在一个月内写完了六本，并且自己设计、编排、校对。这种超凡的力量，真是叫人吃惊。

他的强更表现在他不怕被误解，他说：“一个人只要知道他自己就好，别人了不了解都不重要。”

他拼命工作着，拼命地思考中国思想文化的问题，但是仍觉得时间不够。他早年爱看电影，现在也不看了，他说：“我不看现代小说和电影，觉得太浪费时间，我喜欢直接的东西，不爱拐弯抹角。”

去年十月二十七日，我们聊到天亮，李敖谈到两个问题，显得有点激动。

一是伟大的人格典型已经没落。他说："这年头缺少伟大的人格典型，像蔡元培、殷海光、傅斯年等人在中国已不可再得，也看不到有血有肉的好文章，到处都是'蛋头学者'。现代学者成名以后常常杂务太多，浪费许多时间。胡适晚年就受了杂务太多之害，而且胡适在写日记上花费太多的时间，写文章就少了，思想未能阐扬出来。因此，要使现代中国有思想前途，必须产生几个伟大的人格典型，学者还应减少杂务，多写好文章。"

二是只要维持自我人格就好，不管别人。他说："印度圣雄甘地的太太偷人家的东西，儿子从印度教叛变到回教；林肯的儿子把母亲送进疯人院……许多圣人都有类似的事，可是不影响他的人格。"

我想，少年时代的李敖，曾经为建立一个伟大的人格典型而努力过，可惜社会和环境没有让他朝这条路上继续走，反而逼他成了一个文化的顽童。

他用美国劳工领袖戴布兹的话说：

While there is a lower class I am in it.

While there is a criminal elements I am of it.

While there is a soul in prison I am not free.

只要有下层阶级，我就同俦；

只要有犯罪成分，我就同流；

只要狱底有游魂，我就不自由。

我又想，历来古今中外伟大的人格典型都是出于“不合作主义者”，李敖二十年来惹了很多是非，但是到今天，他也没有放弃伟大人格典型的理想，这是他真正强的地方。

许多人和我一样，都非常关心李敖的近况，关心他的第二次牢狱之灾。甘地在牢里坐了两千三百三十八天，戴布兹被判了十年徒刑，但最后都得以洗刷，李敖也说：“有冤屈的人，必须依赖于‘时间的因素’来辨白冤谤，没有即时反击能力的人，他必须设法长寿，得比他的‘敌人’活得更长久。这些话，说来好像笑谈，但笑谈之中，往往有不少白发和眼泪。”

李敖第二次坐监狱已经两个月了，可是没有见过一个访客，连写《胡适杂忆》的年高德劭的唐德刚先生远从美国到土城去看他，他都不见。我四处打听，没有人确知他到底过得怎么样，只知道他关在一个电梯大的小房子里，伙食还可以，每天还有书看。我情不自禁地想象出强者李敖理了平头在那里来回走对角线的情景。

李敖是我尊敬的朋友，我觉得这样的朋友不可多得。像在黑暗里点着一盏灯，在受到挫折时想到他，就有勇气期待更好的天光。李敖在谈到坐牢的哲学时，引用过甘地的一句话："朋友们不需要惦挂我。我觉得自己像一只快乐的小鸟，在这儿所能做的并不比外面少。我留居在此，对我有如入校。"他认为心灵自由的人，在牢里也能像快乐的小鸟，这在牢狱外的人，是很难想象的。让我们不必惦挂牢中的李敖，让我们欢迎他回来，为我们写几本巨著。

写到这里，我想起了当年李敖写的一首诗《我将归来开放》：

因为我从来是那样，
所以你以为我永远是那样。
可是这一回你错了，
我改变得令你难以想象。

坏的终能变得好，

弱的总会变得壮，

谁能想到丑陋的一个蛹，

却会变成翩翩的蝴蝶模样？

像一朵入夜的荷花，

像一只归巢的宿鸟，

或像一个隐居的老哲人，

我消逝了我所有的锋芒与光亮。

漆黑的隧道终会凿穿，

千仞的高冈必被爬上。

当百花凋谢的日子，

我将归来开放！

天下第一针

在大时代里，许多人默默地被掩埋，没有人知道他们的来处，也没有人知道他们去向何方，他们甚至没有留下一点声音。像是，一枚针落入大海，无声，也无踪了。

家前面的巷子里，一直有一个老人在摆修皮鞋的摊子，摊子非常小，靠在一家医院的楼下。那摊子没有招牌、没有声音，也不起眼，如果不注意就会看不见。

摊主人是一个沉默严肃的人，一向都是面无表情，仿佛老僧入定一样，人来人往，他很少抬头看一下，甚至连眼皮也不抬，有一点睥睨人世的味道。他长得很黑，五官线条一看就知道是北方人。现在台北城内北方的老人并不稀罕，所以也很少有人注意他。

我几乎每天都会路过那个摊子，却很少去感受到他的存在。有一天皮鞋底脱落了，脑子里就立刻浮起老人和摊子的影像，也终于知道他为什么过了这么多年还没有收摊，因为皮鞋破了就感受到他的存在了。

“老伯。”我蹲下来叫他。

“啥?”他眼也不抬地说。

“我这皮鞋破了，请您补一补。”

他把皮鞋接过去，还是不看人。皮鞋在他手里翻来翻去，然后他说：“靠不住！靠不住!”

“什么靠不住?”我问。

“现在人做的东西靠不住呀！你看这皮鞋的底就设计成不能修补的样子，破了就丢，要你去买新的嘛!”

“什么不能修补的样子?”皮鞋摊主说皮鞋不能修补，倒是稀奇。

“这是用火烧的，不是用线，也不是用胶的，怎么补?”老人耐心地指给我看皮鞋底部胶合的痕迹，原来是一体成型的。

“拜托，您给试试看好了，这是在法国买的皮鞋，挺贵的，外表还像新的，只是鞋底脱落，以您的手艺当然是难不倒的。”

“当然难不倒我，难得倒还叫‘天下第一针’吗?”老人笑了，拿起鞋就要缝了，然后若有所感地说：“谈到皮鞋，法国皮鞋也靠不住，日本皮鞋靠不住，台湾皮鞋靠不住，只有美国皮鞋有一点靠得住，意大利皮鞋最靠得住了。"

很久以后我才知道他的口头禅是"靠不住"。

大约五分钟，他把皮鞋修好了，说："十五块。"

我以为听错了，又问一次："多少?"

他把双手伸出来，十指叉开，向外一比，右手往内翻了一下。

"真是太便宜了。"我忍不住说。

"不便宜，算针的，一针五元，缝了三针共十五元。"

果然是"天下第一针"，原来是一针一针算的。

那一次以后，我和老人逐渐相熟了，见面点个头，寒暄两句，慢慢知道老人在这里摆摊已经有十几年的历史了。他的街坊主顾不少，生意无虑，有一些老太太来补皮鞋会亲切地叫他一声："老仔!"好像叫老伴一样。

老人的皮鞋摊子不只补皮鞋，也补皮包、皮沙发，甚至修雨伞。他是那种天生好手艺的人，看来大约七十岁，但双手稳健，修补的皮鞋一针一针，毫不马虎。他的鞋摊子是自己做的，功能设计非常好，精致得像古董一样，还有拖把和轮子，收摊的时候很方便。他自己做了三张折叠的小椅子，很轻便舒适。

老人一直保持他的本色，生活简朴，不被外在环境所动摇。有一次台风天路过，看他还出来摆摊，心里颇有不忍之意，但看他像雕像一样坐着，安静、悠然、不忮不求，又欣慰地想：在我们的时代，没想到还有这样的人呀！

想到老人常说的话——“这个时代靠不住”，我就会想到，如果老人晚生一些，不知道会是什么样子，很可惜，这样好手艺的人早生了几十年呀！

在路过老人的鞋摊时，我总是想，哪一天找个时间坐下来，好好和他聊聊。

几天前，我再路过老人的鞋摊，发现他已经不在了。

他去了哪里呢？回乡探亲？或者是……？

我跑到医院里去问，没有人知道他的下落。柜台小姐说：“有很多天没有来了。”

我终于没有再见过老人。但每次路过，都会不自觉地想起他那风沙般的脸，以及他的好手艺。

在动荡的时代，人的命运像一阵风，而人的一生如同一粒沙，被吹近了，又被吹远了，即使是“天下第一针”也不例外。

在大时代里，许多人默默地被掩埋，没有人知道他们的来处，也没有人知道他们去向何方，他们甚至没有留下一点声音。

像是，一枚针落入大海，无声，也无踪了。

我时常在走过鞋摊时，深深后悔，如果再有一次机会遇到那些有缘的人，我一定要坐下来，好好地和他们认识。

乐为布衣

为政如入急流险滩，有一些鱼，要在龙门飞跃才显出其价值；有一些鱼，却喜欢悠游于平静的江湖之间；还有一些更大的鱼，则善于嬉戏于大海大洋之中。

不知道什么原因，住在台北的时候，有一些朋友，甚至是陌生人，跑来劝我出来参选今年的“立法委员”。回到乡下居住，也有一些乡亲来找我，邀请我出来竞选。这些举动，使我感到好笑，因为这些来找我的人可以说完全不了解我呀！

当然，他们的理由有千百种，而且都十分充分，归纳起来，不外乎以下——

首先，社会需要清流，如果社会的清流都不肯参与政治，社会就更混浊了。

其次，我应该用更多的心力为桑梓付出，搞政治的人往往为了自己的私利，无法全心奉献，应该有一些肯奉献的人出来。

再其次，现在是从政的最好时机，失去这次机会，将来不会有更好的机会了。

最后，拯救社会，从政是最便捷有效的道路，台湾的政治资源被两党垄断，社会需要第三种声音。

大家都说得很有道理，理由也很充足，但是我的理由很简单，而且看起来一点也不充足，我说："我乐于做一个平民、一个百姓、一介布衣！"

热衷于政治的人大概很难理解，一个人甘于平淡和平凡是什么样的心情，这就像山野里的树木，有很多立志要做人间的栋梁，但是也有一些只希望做世间的风景，还有一些什么都不做，只是自在地生长。

在这个混乱而变量巨大的社会，政治的清明是重要的，关心政治也是每一位公民的责任。但是，如果不管什么人都想在政坛出头，以政治为自我成就之路，不能知觉自己是不是适任，却不是社稷之福。近几年的发展，使一般人认为从政有利可图。于是谋公益的人少，图私利的人多，政治早成为争名夺利的地方。有心国事的人固然也有，利欲熏心的人却更多，路旁到处都是名利客，这也是社会极可忧的地方。

一个正常的、有前景的社会，应该是一个多元价值与多元发展的社会。一个好的演艺人员，其价值并不逊于一位好的“立法委员”；一个好的生意人，对国家的贡献也不会差于一个好的政治家（至于坏的，也是如此）。我们这个社会过度强化政客的重要性，使得生意人、演艺人员、运动人员，不管什么人都想在政治上争得一席之地。我想这种有特殊目的的政治、一元化的政治，不是一个健康的社会应有的。

为人民谋福利、为社会奉献心力，不是政治人物的专利，每一个人各安其位，人尽其才，以他的资赋来努力工作，就是最好的途径了。

能从政为官是很好的事，但甘于做平凡的老百姓也是很幸福的，日出而作，日落而息，帝力于我何有哉！黄昏在山路上散散步，夜里在小摊上吃一碗担担面，闲来无事，与三五好友话天话地、品评政事，不也很好吗？

为政如入急流险滩，有一些鱼，要在龙门飞跃才显出其价值；有一些鱼，却喜欢悠游于平静的江湖之间；还有一些更大的鱼，则善于嬉戏于大海大洋之中。鱼需要相濡以沫，也需要相忘于江湖，如果江河湖海只有一种鱼，那还成什么天下？

所以呀，我乐为布衣，不党不群、俯仰无愧也是很好的。

佛陀在《四十二章经》里说：

吾视王侯之位，如过隙尘；视金玉之宝，如瓦砾；视纨素之服，如敝帛；视大千界，如一诃子；视阿耨池水，如涂足油；视方便门，如化宝聚；视无上乘，如梦金帛；视佛道，如眼前华；视禅定，如须弥柱；视涅槃，如昼夕寤；视倒正，如六龙舞；视平等，如一真地；视兴化，如四时木。

做一个觉悟的布衣，真好！

自由自在的柯锡杰

他是对万物都有情的那种人，这情又是那么真挚，一点也没有造作。他自由自在，像一只飞翔中的鸟，飞近了，你可以贴近，飞远了，你可以记得。

银发的柯锡杰

去年柯锡杰还没有回国举办展览会以前，几个爱好摄影的年轻人聊天的时候就常常在无意间提到柯锡杰的名字，尤其是郭英声[1]回来的那一阵子，我们非常想念柯锡杰，希望他也能回国来开个展览会。其实那时候我们压根儿没有见过柯锡杰，只在杂志上看过一些照片，也不完整，为什么大家会那样把他惦着，原因也说不上来。

他离开台湾十二年，十二年是一段不短的岁月，使我对柯锡

---

① 郭英生：摄影家，1950 年出生于台北。

杰产生了一种神秘的感觉。尤其当朋友说起他满头白发，脸却红得像婴儿一般时，我脑海里就设计了一幅柯锡杰的画像。他的白发是不是在最适宜摄影的日光下闪着银光？他的红颜又是怎么一回事呢？

我第一次见到柯锡杰是他去年回国的当天晚上。那天，我们一起吃过晚餐，在南京东路一家门口养了许多虎头鲨的咖啡厅聊天。他刚下飞机，显得有些累，一直对我说带那批照片在过海关时是多么难过。他诚恳真挚的谈吐，不像我想的那么神秘，但是他银白的头发真是漂亮得惊人，在橘红色的灯光下，闪出炫目的七彩。

从他的银发里，我仿佛已看见他在海外十二年的风霜了。

找未受污染的天空和土地

我们很自然地谈起他上次回国的摄影展，谈到摄影展，他的精神来了，说："这次展出的都是我自己心中的风景。"

柯锡杰的摄影，从夏威夷到希腊，从欧洲到撒哈拉沙漠（很奇怪的，他最熟悉的美国本土的作品反而特别少）。他风尘仆仆地奔波，所捕捉的是天然生成的风景，是透过他的心灵之眼来剪裁的风景，因此，柯锡杰的作品可以当成是他自我追寻和自我完成的印证。

关于为什么有关美国本土的作品很少，柯锡杰说，他有点厌倦美国的都市文明，想要去找未受到文明污染的净土，去找最蓝的天空、最干净的土地，以及最白的云朵。“我把这些作品拿回来展览还有一个用意，就是对自然污染的强烈抗议，我要让人们看看什么颜色的天空才是最干净的天空！”

第二天我从新象活动中心借了十七张柯锡杰的幻灯片，到朋友家放映，当第一张“威尼斯”打在白幕上时，在座的人都不约而同地站起来，发出赞叹。蓝色的威尼斯，上方挂了一盏清辉闪照的月亮。

“那不是真实的。”我们说，走到白幕前看，发现它是真实的——是美得梦境一般的真实。

幻灯片一张一张地打在幕上，西班牙、葡萄牙、希腊、夏威夷、撒哈拉，一个一个城市向我们走来，我们屏住气，唯恐呼吸声会破坏了画面里的深沉与安静。那时屋子里响着维瓦第的《四季》，我们竟忘了听音乐，一直到幻灯片放完后，才听到维瓦第秋收的喜悦和冬日的萧瑟。我一直觉得看幻灯片比看展览更具震撼力，柯锡杰的摄影带来的震撼，在站起来赞叹的那一刻，我们就已经充分地感受到了。看完幻灯片，我们无言，踩着夜色回家时，撒哈拉简单明快的线条还在脑中切割着，构图惊险的夏威夷海滩也扑面而来，不能抹去。

走出一个更广大的世界

第二次与柯锡杰聊天，是喝完了韩湘宁的喜酒。那天，我们都有几分醉意了，在芝麻酒店，柯锡杰十分兴奋地给我们讲解他的摄影作品，以及他一步步走出来的过去。十几年前，柯锡杰刚刚从日本留学回来，为台湾的现代摄影敲了第一声锣。那时他对领导国内摄影潮流的“沙龙摄影”颇感厌倦，对水平不高的不能表现个人风格的写实摄影也不满，开始另辟蹊径，用单纯的动感来表现自我的艺术。他的几次不同凡响的个人摄影展，评价很高，但是他不满足于自己的作品——一个执着的艺术家恐怕永远也无法自我满足吧。他想要向外走出去，走出一个更广大的世界。

然后他到了纽约，过着苦行僧一般追索艺术的生活。曾有很长的一段时间，他每天工作十八小时，养成了站着睡觉的习惯，最穷的时候身上没有一毛钱。

在那样痛苦的煎熬中，他有了自己的摄影棚，在竞争激烈的纽约摄影界站稳了脚跟——一站站了八年。

在纽约的商业摄影界，柯锡杰拍过无数成功的作品，也塑造了许多知名的模特儿，但是他仍然挣扎着，他说："模特儿虽美，不是我内心要的美；模特儿经过灯光和化妆的处理，总有假的成分。"

他之所以在摄影棚内奋斗了八年，也不纯粹是为了生活，他说："每天和世界最美的模特儿相处，我舍不得离开。"从这句话可以看到柯锡杰的真实浪漫。

但是再美的模特儿也不能困住柯锡杰追求自我艺术。一九七七年是柯锡杰的转折点，他卖掉辛苦挣来的摄影棚，出售汽车，割舍了美丽的模特儿，也放弃了高收入，踏出繁华的纽约社会，去追寻自我的完成，他说："我想环游世界，去拍我内心的世界。"

严格追求完美单纯

柯锡杰把他自己的摄影作品展示出来，让我们看到了壮阔开朗的世界。

柯锡杰的不可思议不只在他作品中表现了宁静的力量，也不只是他对自然的敏锐的观照和取舍。他对摄影艺术要求严格，不论构图、光线捕捉，或是技术，都要求没有瑕疵，他为我们带来了一个摄影家严格追求完美的典范。

柯锡杰的风景摄影，寻找的是非常单纯的世界，应该是他看遍了世界各地的奇山大水后提炼出来的单纯；他的作品又非常具有现代感和个人风格，应该是吸收了许多现代艺术的精萃，经过个人心灵的锤炼才能得的。

他说："拍风景照片是算术里的减法，我们看到一幅风景，一定要经过严格的取舍、选择，最后只取出最精萃的地方。"

他又说："我经常看好的艺术，看坏的作品会把眼睛看坏的。"

本来去年展览会过后，柯锡杰想再去撒哈拉住几个月的，去拍一套"柯锡杰的撒哈拉"。他对极热、极冷和极险的地方都有极浓厚的兴趣，自然常从极端移动到另一个极端，他说：“极端的生活可以考验艺术家。”

柯锡杰在撒哈拉沙漠的摄影，使我们感觉到他对摄影的热爱，他说，撒哈拉一望无际，只有一片黄沙，很少看到人，让他忘记了都市里常使人厌倦的应酬，一天一食，不亦乐乎。在那里，唯一使他流连的是风景。“我之所以在撒哈拉工作得很快乐，就是因为我爱摄影。”

第二次撒哈拉没有去成，柯锡杰竟又回来了，原因很简单：“台湾的女孩子真使人迷惑。”

这一回不是在沙漠中千里迢迢地去买瓶啤酒喝，而是奔驰万里醉倒在温柔乡里了。

当然，温柔乡里也不能忘记摄影，柯锡杰计划拍一组台湾的风景照片，拍一系列人物的照片，还要拍一些别的东西，他说：“我喜欢自由自在的生活，不爱给自己规定得很严格。”

虽然是这样自由，一进入工作状态，柯锡杰就变得很严格了，要追求一个完美和单纯的世界——摄影是柯锡杰的哲学。

人与摄影一样迷人

我与柯锡杰常常见面，聆听他谈艺术与生活，感觉他的天真、开朗、热情、风趣——柯锡杰的人和他的摄影一样，都是迷人的。

但是柯锡杰的人和摄影还是有不同的地方。他的作品表现了一种理性雄大的气魄，显得十分冷静、平淡、深沉；他的人却非常热情，只要有他在，就好像有一盆火，一下子把大家都烤热了，有时候，他甚至像孩童一样活泼佻挞。

有一次他说，他是狮子座的，在艺术的世界里他要做个王，其他任何世俗的名利都无所谓了。但是他要别人正视他的艺术，他说："当我被冷落的时候，不必五分钟，我就打瞌睡了。"他演讲时，人愈多，他讲得愈起劲，人一少，他讲两三下就收场了。

不久以前，柯锡杰的热情曾被冷落，他独自伤感地跑去基隆，半夜找不到地方住，就睡在码头的石椅上，看着月亮沉思。睡到半夜冷了醒来，柯锡杰发现身边睡了一条土狗，他说："我本来想另外找一个温暖的地方睡，可是看土狗睡得那么安详，它又那么孤单，那么可怜，就一边擦身子取暖，一边陪着它。"

凌晨三点多的时候，土狗睡饱了，摇摇尾巴离开了，柯锡杰才找到一辆没有上锁的客运车，在里面睡了一夜。第二天醒来阳光普照，想人世的挫折与不如意都是微不足道了。

柯锡杰对我说这一段土狗的故事时，我相当感动。他是对万物都有情的那种人，这情又是那么真挚，一点也没有造作。

最近他为得了癌症的画家席德进拍照，带去四张“八乘十”的大底片，他要拍的是席德进没穿衣服的照片，但一时还说不出来，因为席德进胸前开了四刀，接了一条管子出来。他说：“我拍了前三张照片，席德进的表情很凝重，要拍第四张的时候，我提议拍脱衣服的，席德进提着流出他胆汁的瓶子笑了起来，我赶紧抢下那个镜头，高兴得不得了，因为这最能表现一个坚强的艺术家与命运的搏斗。”结果，高兴得过头，柯锡杰还没有取出底片就先拿下了镜头，那最精彩的一张曝光了。

谈到这件事，柯锡杰又捶胸又顿足的。其实，他一高兴什么事都做得出来，他聊天聊得痛快，会在宴席上不顾一切地跳迪斯科；他喝酒喝醉时，有时脱到赤裸裸为止，有时连裤子也脱掉了……

他真是一个难以简单形容的人，因为他常做一些令人意想不到的事。他年轻的时候逃过兵，逃兵时又饥又冷，却把所剩的钱拿去听音乐会，他坐过牢、服过劳役，但提起这些往事没有丝毫抱怨，还高兴得笑呵呵的。

去年回来的时候，他突然跑去看相别十二年的初恋情人，看得心有戚戚。他去探访老朋友的墓，会突然跪地痛哭，悲不可抑。

回来以后，他时常换地方住，搬家的理由有的是“太吵闹，没有地方沉思”，有的是“太安静，没有音乐陪”，真搞他不过。

他脑子转得太快

柯锡杰刚回来就说要弄一个摄影棚，有一阵子想设在阳明山，但因为太潮湿，怕底片会弄坏，就想设在台北市。可是问题来了，柯锡杰找遍台北市，找不到一间十五呎[①]高的房子可以做摄影棚。

他说：“这里的摄影棚高度都不合标准，高一点的东西就不能拍，像舞蹈，没有十五呎高根本就不能拍的。”

因此，他要的摄影棚特别麻烦，他与建筑商人商量，说要另外

① 呎：英尺。

盖才行——他原也有非常精细的一面。

柯锡杰的人和他的谈话一样。他谈事情看似毫无头绪，东谈一句，西扯一句，句句都是高潮，谈到最后，一把抓起来，原来每一句都是有关联的，原因可能是他脑子转得太快，说话跟不上。

他十月要在版画家画廊开展览会，现在都没有作品，他一点也不着急地说："没有作品很简单，不展览，画廊排期我也不管。"

柯锡杰一直扮演着流浪者的角色，他很少安于一时一地，自然也无法安于家庭。有一次他很感慨地说："我这一辈子自由自在，没有什么遗憾，唯一遗憾的是，对不起我的太太。"

他有时真是坦白可爱得一塌糊涂。

我想，从柯锡杰的银发可以看到他在艺术上的奋斗和执着，从他的红颜又可以体会到艺术家的天真与童心。看过柯锡杰一眼就会在脑海中留下他的形象，就像看他的摄影一眼就不能忘却一样。

他自由自在，像一只飞翔中的鸟，飞近了，你可以贴近，飞远了，你可以记得——原因很简单：柯锡杰是个有血有肉的艺术家。

斧里乾坤大，刀中日月长

中国雕刻艺术的传统，一直有两层主宰的艺术特色：一是生息于大自然的特色，二是独立创作的特色，独立地以大自然作为最高的原则。

中国雕刻的特色

朱铭从乡下的小木刻师傅成为大木刻家已经很多年了，这其间，他的艺术有很多变革，但是种种变革都有脉络可循。就好像我们拿一把锯子从树顶上一段一段锯一棵树，那树的轮廓是非常明确的，一直锯到根部，都可以看到它的成长；如果我们用斧头直直地劈开那棵树，效果也是一样的，只要我们找出树的一部分，就能推想出树的巨大与形貌。

现在，我们就用横面与纵面的道理来看朱铭。

朱铭在童年、少年、青年时代和一般乡下人没有什么两样。他小时候替人放牛，和童年的游伴捕鱼、抓虾、捉蝉、找鸟巢，以及打弹珠、玩陀螺。他的童年生活的广阔丰富，虽然在当时不一定有艺术的启示，但却为他后来的民族艺术发展打下了良好的底。

少年时代，由于战乱和家境的关系，他不得不去做学徒。在严格的学徒制度里，可以说，他是进入了“传统”，并且锻炼了传统的品格。他循着学徒的道路走，也必然会成为千千万万优秀的木刻工匠之一，其实在无形中，他已经在传统的大环境中得到了浸润，受到了影响。

青年时代的朱铭，由于待人和蔼、处事周到，在木刻技术上又下了很大的功夫，一跃而起成为通宵小镇上最好的木刻师，但是他还时常与别的师傅相互切磋，虚心请教。他从十五岁开始做木刻，默默地在小镇里刻了二十三年，他第一次开展览会时，两鬓与胡子都已经冒出白丝了。

我常想，朱铭从童年到青年时代与大自然生活在一起，和乡土人物共呼吸，这是他非常重要的一个横面。我们看中国雕刻艺术的传统，一直有两层主宰的艺术特色：一是生息于大自然的特色，这也是在中国雕刻中人像与物像地位相同的原因；二是独立创作的特色，它有时用来表现宗教和建筑艺术，但是并不屈从于宗教和建筑，而是独立地以大自然作为最高的原则。

朱铭木刻艺术可以说是基因于这两个特色的，这两个特色使中国的雕刻史上留下许多不朽的作品，但是也使中国的雕刻史上没有出现像米开朗琪罗或罗丹一样的雕刻巨匠——这是因为西方的雕刻以人为本位，而在中国的雕刻中，雕刻者只不过是与大自然融合的一部分罢了。

民间生息的大背景

从横面上看，朱铭生在民间生活的大背景中，但是他不满足于那样的大背景。在他的少年时代，台湾最著名的雕刻家是黄土水，朱铭就常问他的师父李金川："我将来是不是有可能像黄土水那样到处去展览?"师父叫他安心雕刻，等下一辈子吧。这个答案令少年朱铭感到迷惑。

表面上看，朱铭乐天知命、淳朴忠厚，但是在他的内心却有一份固执，不肯被命运束缚。有一次，朱铭和我谈起他的少年时代，其中有一件事很能反映朱铭这种固执的性格。

他说，十四岁的时候，他到附近的一家杂货店当小弟，帮忙看店和送货。因为朱铭勤劳，待人也和气，那家杂货店的生意兴隆起来了，附近的人都爱向朱铭“交关”，不到一年的时间，本来生意冷淡的杂货店就扩大了店面，村里的人都对朱铭刮目相看。

店主有一个与朱铭同年的女儿，出落得十分标致。店主很喜欢朱铭，有意把女儿许配给他，朱铭本来也很喜欢那个女孩，只是那个时候年轻，并没有一定要娶她为妻的念头。

喜欢热闹的乡下人纷纷传言着：朱川泰（朱铭的本名）要入赘给杂货店老板当女婿了，朱川泰这个少年不错，招赘以后，杂货店就要传给他了。

甚至与朱铭同年的玩伴也常常拿这件事取笑他。就因为这样，朱铭离开了那家杂货店。

少年的朱铭是有壮志的，认为自己的前途要自己开创，妻子也要自己找，他不愿让别人命定他的道路。这种性格反映在雕刻上，就是变化多端、不肯妥协。

我们再来看朱铭学习木刻的纵线发展。

他十五岁的时候拜在雕刻师傅李金川的门下，李金川是二十几年前通宵最有名的木刻师傅，他所传授给朱铭的不只是教条，而是一个传统。他先画好画稿，让学生按照那个画稿临摹，并且用刀来表现。他教授的刀法乃是我们在寺庙中、神案上习见的细腻光滑、八面玲珑、没有瑕疵的雕刻法。朱铭至今还保存着李金川师父的画稿，我们可以从他遗留下来的画稿中体会到一种细致、精确、动人的精神。

学徒时期的朱铭，一面学习民间雕刻的传统，一面又向往做第二个黄土水，刻自己想刻的东西——这个向往，使他日后没有成为“黄土水第二”，却成为“朱铭第一”。李金川使朱铭有了相当扎实的刀法基础，并且在后来的二十几年中，朱铭都是依靠这套功夫维生的。

刚出师的时候，朱铭的内心没有什么挣扎。他安心地生活在通宵小镇上，很快就闯出了他自己的“正字标记”，成为当地公认的最好的木刻师傅。他那时候拿的薪水是一般师傅的三倍，可见乡人有多么看重他。

决定改变命运的道路

朱铭不满足于现状，干了二十年的雕刻师傅，他终于决定了改变命定的方式。他拒绝了高薪的聘请，放弃了二十年打下的基业，携着妻子儿女到了台北，拜在杨英风教授的门下。他面试的作品是《慈母》和《玩沙的女孩》，一件刻的是他母亲，一件刻的是他妻子。杨英风毫不豫犹地就收了他做学生。

朱铭再次从学徒做起，成为杨英风家的一份子，跟着杨英风做泥巴、到国外去做包工，太太则帮杨老师煮饭、打扫。那时候他们时常穷得没有米下锅，时常有人出高薪聘朱铭当师傅，但他们都拒绝了。

第二次的学徒经验从一九六八年开始，朱铭经历了和过去完全不同的艺术历程。杨英风教给他三件法宝：一是加强他对“自然”的信心和认识；二是在技巧上返璞归真，在该停的地方停；三是运用大刀阔斧，做写实的舍弃和简化。

在杨英风的教导下，朱铭用刀把过去的技巧一块块砍落，木质的天然造型也就慢慢显现了。一九七六年，朱铭的第一次个人展览会举办，一鸣惊人，奠定了他在中国现代木刻上的重要地位。

了解了朱铭纵横的经纬，我们就比较能理解他后来一变再变的原因。我认为一个艺术家至少应该具备三个条件：一是创造才华，二是持久的耐力，三是坚持的热情。朱铭同时具备了这三个要件，我们用这三个要件的交织，来看朱铭后来的变化。

朱铭在第一次展览会上，展出了他早期刻的《慈母》《玩沙的女孩》《小妈祖》，以及后来慢慢转变后刻的《至圣先师》《武圣》《领袖》，还有根据童年时代的回忆刻的《牛》《鸡》《牧童》《同心协力》等，这个时期的朱铭是写实的。

那时候，朱铭的出现使国内艺术界震惊，大家在欣喜之余，肯定了朱铭的成就。

正当大家都在为朱铭喝彩的时候，他却变了。他开始整理“功夫系列”，把具象化为抽象，将写实变成写意。于是，对朱铭的议论纷纷开始了。许多人说朱铭不应该丢掉“牛”和“鸡”，许多人说朱铭不应该向西方学步，大部分议论都基于情感的因素，他们认为朱铭是泥土里来的，不能离开泥土的题材。

但朱铭还是朱铭，他不理会别人的批评议论，只是用他的刀，一刀一刀地刻出别人对“功夫系列”的肯定。

当大家认为“功夫系列”也是好的，也是中国的，也是泥土的，也是朱铭应走的路；当原来批评他的人也为他鼓掌，原来不能谅解的他的人也为他喝彩——朱铭又变了。

朱铭花了很长的时间和心血为林口警官学校雕刻了一座精神雕像。这是朱铭所有作品中体积最大、花费时间最长的一件作品。这座雕像足有两层楼那么高，刻的是一个警官从火中救出一个小女孩的形象。整件作品融合了写实与写意、具象与抽象，充满了力量和美感。

这件作品仍引起了讨论。有的人认为朱铭是一个雕刻家，怎么会为警官学校雕塑像？也有的人认为，那是所有放在学校门口的塑像中最好的一座。遇到讨论的人，我总是叫他们到林口警官学校去看看，而他们也总会对那宏大的气派赞叹未止。

刻完“警官”，朱铭到美国住了几个月。

他又变了，他不但刻中国人，也刻美国人；不但刻中国的老婆婆，也刻美国的摩登少女。他甚至还在作品上涂荧光漆，他给这一系列的作品取名“人间”。朱铭几乎丢弃了过去所学的那一套，用一种随兴的自由的创作态度，表现了他对社会和现代人的观照。同时，他刻了一组鸡，留下更多木头的纹理和形状。

“朱”是正字标记，“铭”是不断地刻下去

有很多人在谈论朱铭的新作，有人认为失败，有人叹为观止。但朱铭仍然是朱铭，不管别人的评价，只按照自己内心所想来刻。他还是和初出道时一样谦虚、淳朴，却多了一种稳定的自信。

我觉得，朱铭还会再变。不论如何，肯突破自己的艺术家，总有变得更好的可能。

朱铭还会往前走，往现代走，不管怎么样，肯走的艺术家总会逢山开路、遇水搭桥。

朱铭就是朱铭，“朱”是正字标记，“铭”是不断地刻下去！

可怜天下父母心

儿童被当成商品出售，卖不出去则当东西丢掉，任何有子女的父母一想到恐怕都要心肝碎裂。只要有这样的人存在，社会就永难安宁。

近几个月，几乎整个社会都在寻找小孩。多家报纸天天刊登半版的“寻找失踪儿童”的启事，三家电视台除了新闻节目不断跟踪报道，还刊登广告，有几家的孩子通过这个渠道已经寻获。

读到这个消息，令人感到欣慰，特别是想到报纸的广告半版平常要卖十几万，电视广告一秒钟卖三千三，拿来刊登“寻找失踪儿童”确是公益之举。但是，更深入地想一想，有很多儿童失踪十几二十年了，为什么这样长的时间没有人去关注呢？我们的社会真的已经尽到保护儿童的责任吗？

从失踪儿童的系列报道中，我们会发现，儿童并不会平白无故地走失，通常是被大人抱走，那么，被抱走的儿童去了哪里？那抱走儿童的成人是不是职业性的？掳走儿童的大人是在绑架勒索吗？可是有的儿童一旦失踪就毫无消息，有的儿童只有三四岁，根本不知道父母的电话或姓名，所以大部分人的动机不是绑架勒索。

比较可能的是贩卖人口，儿童失踪的频率如此之高，显然台湾存在着贩卖人口的集团，把儿童像商品一样出售，甚至卖到国外也是极有可能的。前一阵子找到的两名失踪儿童，他们都是在北部失踪，在南部被找到，印证了这种推测。试想一想，四五岁的幼儿怎么可能独自一个人坐车到高雄或台南呢？一定是人口贩子把他们带到南部，没有成交，随地弃置了。

儿童被当成商品出售，卖不出去则当东西丢掉，任何有子女的父母一想到恐怕都要心肝碎裂。一想到我们这个社会竟存在着出售儿童牟利的人，不禁感到义愤填膺，只要有这样的人存在，社会就永难安宁，因此，在大家热切寻找失踪儿童的同时，更迫切的是寻找抱走孩子的人，因为他们可能是职业性的。

要防止儿童失踪，全社会的人都应该来珍爱儿童，并且更深切地体会那些孩子失踪的父母的心情，共同预防身边的儿童失踪。

我的孩子在四岁的时候曾走失过一次。当时我们在万华的龙山寺看元宵花灯，因为人潮拥挤，一闪神，孩子就不见了，三个多小时后才在庙祝那里找到，原来是被好心人带到了寺庙的管理处了。我永远记得当时自己仓皇失措、奔走呼号的样子，有时想到可能孩子就那样失去了，还会吓出一身冷汗。我到现在都感激那位不知姓名与容貌的捡到我孩子的人。

将心比心，但愿那些掳走别人孩子的成人，能终止带走别人的孩子。你们也是有孩子的父母，想到失去父母的孩子的悲惨命运，想到失去子女的父母那悲戚的容颜，又情何以堪呢？

其实，我们这个社会对儿童未善尽保护之责，不仅表现在失踪儿童这一点上，像前一阵子儿童被虐待、被强暴的事件时有所闻，像一直是社会沉疴的雏妓现象，都显现出社会上的大人那种粗野、暴力、鄙俗的品质。

我们确实应在保护儿童上更加用心用力才行。有一次，我到一家大学的医学院演讲，和几位医学系的学生聊天，他们都告诉我以后要选小儿科，我听了大感敬佩，说："你们能为儿童奉献实在太好了。"

没想到其中一位学生说："林老师，你不知道，当小儿科医生在台湾是最好的，因为台湾小孩没有公保、劳保、农保，可以说没有任何保险，完全不必缴税，很赚钱呢!"

那些福利工作做得好的国家和地区，恐怕很难想象，台湾地区的小孩子竟然没有任何保险，这也反映出在我们的社会孩子是多么不受重视。

可怜天下父母心，让我们在寻找失踪儿童的同时，为儿童保护、儿童福利做一些更深入的事情吧!

育幼院一片宁谧，凉风习习吹来，我清楚地听见荖浓溪水流淌的声音，黑夜的溪水声格外清明，就如小孩子的歌声一样，不停地流下去。

博爱的化身

无意间，我看到六龟山地育幼院的户口簿，一本厚得不能再厚的户口簿，拿在手里沉甸甸的，像一本长篇小说，每翻一页都是一个高潮，都有几个动人的故事。

事实上，那本户口簿的故事不是一个长篇小说就可以写完的，只能是为这个大故事列一个提纲，因为里面记载了一百二十几位孤儿的生辰年月，也记载了十几年来一群孤儿不向命运低头、垦荒拓土，在废墟中建立家园并重建自己的宏伟故事。最重要的是，它说明并印证了大时代的爱——一种无私的大无畏的爱。

坐在山地育幼院的客厅里，手中拿着一百多人的户口簿，我竟不知不觉地出神了。窗外流进来一串长长的笑声，我这才回过神来。

从窗口望出去，孩子们正快活地玩着跳绳游戏。那是我年幼时常玩的一种游戏，由两个小孩在两边牵着绳，节节升高，每当有人跳不过那绳子，就要替换旁边牵绳的小孩。他们一直往上跳，并不断地替换着，从那样单纯的游戏中得到兴奋与喜悦。就在跳绳场的左侧，有一个用竹子搭成的花架，九重葛正怒放着红花。再远处是永远不停地流淌着的荖浓溪，以及一亩叠着一亩的水绿的禾田。无尽的远方，一抹山色向两边开展出去，天蓝得透明。

风景从窗外涌入，笑声与户口簿冲击着我，使我禁不住踱到窗口去。我想，是什么把这些辛酸的身世化为笑声？是什么使这些无恃的孤儿能生活在如此美丽的环境中？是什么使户口簿上的零碎记载凝结成一股温暖的力量呢？

是杨妈妈，杨妈妈是育幼院的院长，被她疼惜着、拉扯着长大的孤儿不知道有多少。她是那样谦和、坦诚而充满热情，她是博爱的化身。

杨妈妈所传播的大爱，就像永远不停地流淌着的荖浓溪，像农人一锹一锄垦拓出来的稻田，像怒放得火一样红的九重葛，像缥缈却稳重的远山，也像透明得晶莹的蓝天。

“大哥哥，要不要一起来跳绳?”

一个被阳光晒成古铜色的小孩在庭院中唤我，把我从出神中唤醒。然后我加入了他们跳绳的行列，让我感觉如同回到了自己的童年时代，和兄弟们在晒谷场上跳绳。

白云深处有人家

要到六龟山地育幼院不容易。我们是搭高雄客运车直奔六龟的，那是夏日的早晨。

阳光在车行中突然从山坳的远方涌冒出来，一下子，近处的田园屋宇和远方的天地山河都披上了生命的光亮，鸟雀在林中轻巧地唱歌，松鼠在茂林中奔跃，老鹰拔天飞起，田的绿叠着山的苍郁迎面跑来——我们的车子正在颠簸的路上走向山林深处。

隧道接着隧道，每一个隧道的出口都是那样光明。出了六号隧道，左边的十八罗汉山棱角分明，在阳光下生出许多明暗变化，这真是天工鬼斧猛力劈出来的天景。

客运车到了六龟镇上。

这个在我早年的记忆中相当落后的乡镇，已因南部横贯公路的开发变得繁荣。

我们问明去路，开始向山上步行跋涉。沿着荖浓溪，月桃花盛放着，空气中洋溢着山野特有的清香。走了三公里路，我们才看见山地育幼院，它坐落在荖浓溪的对岸。我们走过摇摇晃晃的吊桥，在育幼院门口就听到了儿童快乐的笑声，伴着荖浓溪一直向下游流淌着。

六龟山地育幼院的环境十分优美。它高高地雄踞在山上，东边是已经开辟成观光区的“不老温泉”，温香水滑；西边是“蝴蝶谷”，春天来时走过会看到群蝶飞扬，谷里还有一炷永不熄灭的地油火炷；南边是“十八罗汉山”，是台湾少见的石堆山；北面则是宽广清澈、终年不干的荖浓溪，溪上有吊桥，桥畔有人家。

杨妈妈告诉我，现在已建了屋舍的两甲地和辟成鱼池及种满果树的六甲地，都是一九六五年以一坪五毛钱购买的。

她说："那时一坪地只有一杯冬瓜茶的价钱。"

由此可以想象，这块地当年是多么荒凉。那时连吊桥都没有，杨妈妈和她的先生杨熙牧师，就带着他们的二十四个儿女跋山涉水，迁居到这块荒凉的土地上来。

每天天一亮，杨妈妈就背着还在吃乳的孩子，扛着锄头，把泥土里的石头一块一块挖出来。土里全是石头，一层一层地挖下去，手和脚上全都是大大小小的伤口，血与汗都渗在她要为孩子建家园的这片土地上。刚搬来的那几年，杨妈妈手、脚上的伤口从来没有痊愈过。

放假的时候，她就带领大一点儿的孩子们来挖石松土，把石头堆在溪边，从溪里挑水来灌溉。他们种番薯、果树，将这一块贫瘠的土地开垦了出来。

六龟乡原来不信那块地可以耕种的乡人们，也不得不信是爱的神力使石头开出了花来。我走过那一块现在已经成为果树林的土地，依然可以感受到锄头往下掘的力量。人的信念、希望与爱心的无限坚持，恐怕再顽强的土地也都会屈服吧!

杨妈妈是大家的妈妈

杨妈妈现在年纪已经大了，但是身体还相当硬朗。她和台湾农村那些长久为爱付出的村妇一样，亲切、纯朴、动人。她的声音因为教育一百多名儿女而沙哑了，却依然虔诚而有力量。

杨妈妈本名叫林凤英，从小生在山林，她是新竹山地里的泰耶鲁族人。和她的族人一样，杨妈妈在童年和少女时代相当贫穷艰苦，必须用很多的劳力工作才能换取三餐的温饱。那时，她对未来生活虽满怀憧憬，但却因生在那样的环境里不敢有任何奢想，她单纯地过着山居的日子，一直到遇见杨熙牧师，整个生活才起了微妙的变化。

她谈起她和杨牧师初识的日子，说："那时他在台中师范学校教书，常利用课余时间到山上来布道，他的薪水都用来济助贫苦的人，我就是因为接受接济而认识他的。后来我常陪他到各地去奔波，我觉得他是个伟大的人，我向他学习帮助别人。我们结婚那年是一九五一年，我才十七岁。"

那段爱情没有什么惊涛骇浪，它是那样平淡，平淡得如一泓溪水，杨妈妈却掩不住喜悦，脸上的神情像溪水一样清澈。

“认识他以后，我才真正看清了山地人的生活是多么苦，尤其是许多可怜的没有父母的小孩。我希望为我的同胞做一点事，但是那时还不知道要做什么，要怎么做，只希望将来有机会做……”

后来，杨牧师调职到了六龟乡，他们终于开始为同胞做事了。一九五三年，他们的第一个儿子出生，取名杨子江，杨妈妈同时收养了一个哑女，取名林路得。他们同时哺育两个子女——一个是亲生的，一个是收养的，但她一视同仁，对孩子付出同等的爱。

那时杨牧师主持六龟教会，杨妈妈在教会当护士。山胞们孩子生得多，山地没有医疗设备，他们常把病儿带到教会医治。有些被丢在荒山里的弃婴，路人就抱到教会来。孩子来了总不能不管呀，于是来一个养一个，来两个养一双，一九六八年，他们已经有十七个儿女了。可是，教会这么小，收入这么微薄……杨妈妈引了《圣经》里的一段话说：“有些事，既然降临在我的弟兄中最小的一个的身上，就是降临在我的身上。”

杨牧师夫妻觉得把儿女们养在教会不是长久之计，于是开始寻找孩子们的安身之地，最后终于以最便宜的价钱标到了一块荒地——这期间他们又收养了七个儿女。他们带着二十四个子女和两条土狗，从教会搬家到了没有人烟、没有邻居的山林中的“家”。

杨妈妈永远记得带领这群孩子渡河登山的情景。她拥着他们说：“孩子，这就是我们的家。”

那是荒凉中带着希望的情景。

大自然就是我们的希望

一九六六年，他们建了一个简陋但生机洋溢的家。虽说是“家”，但只是用木板、茅草建起的屋子，是杨妈妈一块一块搭起来的。她说：“小时候的生活使我什么事都可以做。”

他们居住在简陋的“家”中，刮风下雨的时候，屋子常常漏水，她和杨牧师夜里抱着孩子搬过来搬过去，怕孩子们淋到雨，一折腾就是一整个晚上。那时也没有厕所，孩子们的大小便都是在后面的山林里解决的。当然，也没有浴室，洗澡就在荖浓溪里。对外没有交通，出入都要爬山谷、走河流。他们是真正过着和大自然紧紧相依的日子，杨妈妈充满信心地对儿女们说：“大自然就是我们的希望。”

刚搬去的时候，连吃都成问题。杨妈妈和孩子们每天吃地瓜，有时逢下雨，地瓜发芽，孩子们吵闹着不肯吃，做妈妈的也没有办法，一面心疼，一面难过，自己慢慢地嚼着那些孩子们不肯吃的地瓜，其沉痛的心情是可以想见的。

经过二十几年，到了今天，情况虽然改变了不少，但吃仍然是他们的大问题。杨妈妈早上为了给孩子准备馒头和小菜，每天都要凌晨三点起来做；中午和晚上至少也是三菜一汤，有鱼有肉。杨妈妈说：“光是米，一天就要吃掉八斗。”她每天还要给孩子们吃糖果和水果，期待他们长得强健。

这些由大自然和无私的爱孕育出来的孩子，也不辜负父母的期待，个个都长得黝黑健壮。去年的六龟乡运动会上，育幼院一共拿了二十三个冠军，金牌和奖状挂满了墙壁。这也难怪，因为他们每天上学早晚都要走四十分钟的山路，他们是一点一滴锤炼出来的。

一九六九年，荖浓溪上悬起了一条对外交通的吊桥。

杨妈妈说起落成的那一天：“孩子们在吊桥上跑过来又跑过去，高兴得不得了，我也放下了一颗心，因为荖浓溪到夏天水势湍急，小孩子过河很危险，那时他们才能安安全全地去上学。”

在山林里，危险是很多的，除了水急和台风外，山中到处都有毒蛇，山边还有一个很陡的斜坡。所幸十七年来，从来没有死过一个小孩，也没有小孩被蛇咬伤，杨妈妈说：“这应该感谢神的照顾。”

我是一只小小鸟

想起从前，杨妈妈为了整地，为了给儿女吃穿，常常变卖饰物，最苦的时候甚至把结婚戒指都卖掉了，然后还要到处借贷，有了钱再还。她对孩子们的爱确让人感动，而她的爱是自然流露出来的。我们从她收养的一个女孩身上，可以了解到她办育幼院的心情。

一九七二年的妇女节，是个刮大风、下大雨的日子，杨妈妈正在家里带小孩，突然接到高雄市冈山警察局的电话，她便拿着一把雨伞匆匆赶出门了，搭车前往冈山去。

原来有一位冈山镇民在菜市场上捡到一个女婴，长得很漂亮，本来想带回家自己养的，没想到打开布包却是个没有双臂的女婴，镇民只好把她送交警察局。警方开始打电话到各地的孤儿院，并且张贴领养告示，但都因为没有双臂而无人认养。女婴在警局里待了三天，警察才试探性地打电话给杨妈妈。

坐在从六龟开往冈山的客运车上，杨妈妈的心里一直在挣扎，她想：“小女孩没有手，我恐怕不能养，不能要！”

可是当她在冈山警察局里看到那个女婴时，忍不住流下泪来，说：“我要了。”

杨妈妈对我说：“她那么可怜，我不要，谁会要呢？而且，人一生下来就是神的恩典，任何生命都不能放弃。”回到育幼院，杨妈妈便为这个无臂女婴取名叫“杨恩典”，她用更多的心力照顾这个女婴，教她用脚拿毛巾擦脸、拿茶杯喝茶，后来又教她拿毛巾洗脸、拿牙刷刷牙。

杨恩典在杨妈妈无微不至的呵护下，慢慢长大了，今年已经八岁了，聪明伶俐，活泼可爱，快乐地和其他小孩玩在一起。杨妈妈每天看着她，又是疼惜，又是喜悦。育幼院除了杨恩典是残障儿童，还有几个低能的孩子，杨妈妈花在他们身上的爱特别多，她说：“任何一个孩子生下来都应该有衣穿，有饭吃，有屋住，有玩具玩，都应该受教育，应该有人爱他们……”

杨恩典很沉默，她似乎深深地感知到了自己的命运。那天下午，我坐在花架下，突然听到她用稚嫩的童音唱着："我是只小小鸟，飞就飞，叫就叫，自由逍遥，我不会有烦恼，我不会有悲哀，只是常欢笑。"看着花架上的红花绿叶，我的整个胸腔都为之翻动起来。

回响在大苦林的歌声

过去，我曾经做过许多孤儿院的社会服务工作，也访问过其他孤儿院，虽然都是爱心人士创办的，但是里面的小孩子总让我有种奇怪的感觉，不像六龟山地育幼院让我感到正常而健康。到底是什么原因呢？我想。

夜里与孩子们一起生活，我找到了答案。吃过晚餐，育幼院的老师就带着他们到宽阔的大操场里尽情地唱歌跳舞。他们围成一圈跳土风舞，不管年龄大小，全都跳得很开心。他们可以自由找舞伴，有许多小孩子甚至邀请老师当舞伴，可见其惊人的风度。有些顽皮的孩子在音乐声中大跳迪斯科，比在一般家庭长大的孩子还要活泼。

跳完舞，大孩子们做功课，小孩子们自由玩游戏、歌唱。山地的小孩子都有唱歌的天赋，他们坐在花架上弹吉他、唱歌，仿佛永远不觉得疲累。十八位引导孩子的工作人员都充满了爱心——他们都是从各地自愿前来的年轻人。

据刘行健老师说，育幼院的教育采取的是“自治”的方式，由大孩子带小孩子，以兄弟姐妹相称。他们相爱相敬，无形中有一种亲和的大秩序，孩子们就在这个秩序中成长。山地育幼院教育出来的孩子，没有一个变坏的，有的当了乡长，有的在服兵役，还有的出嫁了，但是他们常回来探望杨牧师和杨妈妈，看看老家，看看弟妹。

吃饭的时候，大孩子喂小孩子，小孩子喂更小的孩子，更小的孩子把剩下的饭喂给黄狗。刘老师说：“大家都自动自发的，从来没什么问题。”

这种群体合作的精神也表现在工作上，洒水扫地、种花除草，都是大家一起来的，因为在杨妈妈的教导下，孩子们都知道只有团结才会生出大的力量。

晚上我睡在育幼院中，虽是夏天，却到处有春的气息。育幼院一片宁谧，凉风习习吹来，我清楚地听见荖浓溪水流淌的声音，黑夜的溪水声格外清明，就如小孩子的歌声一样，不停地流下去。这个原名叫“大苦林”的地方，因为有爱与歌声，改名为“东溪”。

你们若不回归孩子的样子，就不能进我的国

清晨，院里还是一片薄雾，起床的哨音就已经吹响了。我看看表，是五点半，院里响起一阵乒乓乒乓的声音，才一会儿，孩子们已经排好队在大操场上升旗、唱国歌——他们的歌声清脆嘹亮，唱出了丰盈和喜乐。

然后是祷告、查经、跑步、扫地、吃饭、上学，一切井井有条，当孩子们都穿好整齐的制服走出门时，早晨的阳光正好从东方普照着这个美丽的地方，孩子们笑着闹着，脸上也满是阳光。

我想起《圣经》里的一句话：“你们若不能回归孩子的样子，就不能进我的国。”这是基督教办的育幼院，我平时是个无神论者，只有看见孩子们列队笑着走出院门时，我才真正感知宗教与信仰的力量。

山地育幼院已经办了十几年了，但是一直到一九七一年才引起社会的重视，慢慢有人主动来帮忙了。有公家机关过来送粮食；台

南亚航公司捐献了抽水的帮浦，解决了一百多个孩子最基本的食物和水的问题；屏东的一位吴知更先生捐了一个礼堂；高雄的张雅玲捐了餐厅；洪建全基金会为孩子们盖了一座现代化的厨房；高雄炼油厂送了两个冰箱来……

一九七三年，蒋经国先生来山地视察，指出要建造一座水泥桥和一个水泥的大操场。到了一九七六年，育幼院的设备才算比较完备。

但是杨妈妈告诉我："我们还是希望用自己的力量来养育这些孩子。"

因此，他们省吃俭用，在山脚下盖了一座停车场和福利社，以供给到附近游览的观光客休息，用赚来的钱维持庞大的"家计"。

"另外，我们也种香菇、木耳和水果，以及养鱼、猪，我们能想到的都去做，希望给孩子们更好的生活，希望能收容更多无家的孤儿。"

杨妈妈带我去看他们多年垦拓出来的田园。现在已经到了收成的时候，孩子们能吃到自己辛苦种植的水果和好不容易养大的鱼，我相信，他们一定更能体会"要怎么收获，先怎么栽"的道理。

杨妈妈说："你现在看到的东西，都是从没有到有的，这还是要感谢神赐给我们的力量，因为光凭我们自己是办不到的。”

他们在一九六六年盖成的第一间茅草屋，现在已经作为仓库使用了，苔痕沧桑，使我想到，他们竟然能在这座茅屋中相守多年，难道不是信仰的力量吗?

思天下有饥者，犹己饥之也

早期的院童长大了，离开了“家乡”，现在的院童生活在幸福的环境里，恐怕慢慢淡忘了他们的“父母”和“哥哥姊姊”当年荷锄捡石的辛酸。但是，一九七七年，他们又共同度过了一次艰辛。

那一年，强烈的台风来袭，通往育幼院的道路发生了山崩，一切对外交通都被阻断了。院里虽有足够的米，却没有菜蔬，一家一百一十二口人天天以自己种植的地瓜、竹笋、洋菇、木耳佐餐，整整吃了两个月。他们紧紧地团结在一起，因为杨妈妈每天告诉他们：“只要你不放弃，就永远会有希望。”

这一段考验，使孩子们体验到“只有自己创造，才能过幸福的生活”，这不但是杨妈妈多年来的信念，同时也成了大家的信念。

我在山地育幼院住了两天，才依依不舍地告辞了伟大的杨妈妈和她可爱的孩子们，告辞了充满阳光和欢笑的蓍浓溪畔。

在我们这个社会里，爱自己的人都愈来愈少了，更别说爱别人的孩子。像杨妈妈这样，视别人的孩子如己出，爱之、育之、护之，把整个生命都投到孤儿的养育上，事实上正反映了一种逐渐失去的人性的光辉。

我相信，她付出的爱一定会得到报偿；我也相信，博爱是能使人生出大力量的。

走下山坡，过了吊桥，我回头看，山地育幼院正笼罩在夕阳柔和的光晕里。

茶叶的公平交易

在一个日渐讲求市场的公开、公平的时代，我们的茶区、茶农、消费者都应该放开心胸来期待茶叶交易市场的诞生。

我喜欢喝茶，时常有朋友送我茶叶，慢慢地，我知道在全省各地几乎都有茶区了，除了南投鹿谷的冻顶乌龙茶和北部的文山包种之外，木栅的铁观音，新竹的白毫乌龙，阿里山、梅山、玉山的高山茶，六龟的野生茶，台东的鹤岗和金针山也有很好的红茶和乌龙，甚至远到屏东恒春的港口茶……

这些各有特色的茶区，最严重的问题是价格混乱，都有偏高的现象。

品质稍好的茶叶，每斤都在两三千元以上，如果是比赛得奖的茶叶，没有五六千元是买不到的。

由于茶商的哄抬，好茶虽然价昂，却时常供不应求，一斤茶卖到万元以上时有所闻。

茶价不合理久已存在，它带来了一些不合理的情况。

例如一般消费者在市面上根本不可能买到好茶，因为好茶都被茶商垄断了，在市场上流通的都是次级茶；甚至在大的茶行或产地农会买茶，也难以买到好茶。

例如同样的茶，在茶区和茶行购买的价格差可能在十倍以上。

例如少数冠军茶，由于竞争激烈，被竞相仿冒，造成许多不实的情形。

例如著名的茶区供不应求，只好以别的茶叶来混充，因此在冻顶茶区买的可能不是冻顶茶，在港口茶区买的可能也不是港口茶。

喜欢喝茶的人都知道茶价甚不合理，但也无法可想，只有在春、冬两季自己开车到茶区买茶，挨家挨户到农家去试茶，才能买到自己喜欢的、价格合理的茶叶。

最近，省农林厅着手建立茶叶交易市场，希望逐步建立茶叶产销制度，将茶叶按品质分级，使消费者可以得到公平的消费，生产者得到公平的生产利益。

建立交易市场，使茶叶公平交易，一开始就受到茶农的反对，原因是既得利益者担心，如果茶价公平化，茶叶必从高价位成为一般商品，从前那种漫天叫价的情形就难以存在了。但是，我们看到国际上的茶叶交易都有公开的市场，像英国伦敦的红茶交易市场、日本的茶叶交易市场，都使得英国茶和日本茶拥有国际市场，而我们以现有的茶叶交易现况，要开展市场很困难，更不要说是国际市场了。

当然，茶叶交易市场并不是万灵丹，有一些茶农和茶商的意见并非没有道理。

例如一旦茶叶交易市场设立，必须投入大量的资金、人员、设备，这些经费要靠抽取服务费赚回来是很艰难的，长期看来，究竟要由谁来负担呢?

例如有的茶商担心，喝茶毕竟是艺术，交易制度公开化之后，可能会降低喝茶人的品位。

例如一旦有了交易市场，高级茶区的茶农因为有自己买卖的渠道而不愿意进场，低级茶区的茶农进场意愿虽高，却可能使茶叶卖不出去，或甚至使茶叶交易中心成为中低级茶叶的流通之所。

不过，这些都只是技术问题，应该是可以解决的。从长远来看，现在全省既然有这么多茶区，品茶的人口日益增加，为了使茶叶市场有更好的将来，建立茶叶的公平交易市场是有急切需要的。

我曾经问过一个高级茶区的茶农，是关于最合理的茶价的。他说，即使是天下最好的茶叶，也应该以一斤一千六百元为极限，茶叶超过一千六百元，就是不合理的哄抬。

我们想一想，英国和日本的茶也从未有过一斤数千元的价钱。台湾茶的竞争者们，大陆还有广大的茶区，一斤数千元的台湾茶若没有公平交易，将来如何能和一斤百元的、品质日渐提升的大陆茶竞争呢?

在一个日渐讲求市场的公开、公平的的时代，我们的茶区、茶农、消费者都应该放开心胸来期待茶叶交易市场的诞生。

不可买卖

真正的无价之宝，是不能用价钱评估的。这真是人生中最吊诡的困局，凡是最有价值的东西，都不是可以买卖的；乃至一些看来无甚价值之物，也不可买卖。

从前，有一位乡下的朋友来台北，我带他去游博物馆，他每看见一件宝物，总要问："这一件多少钱?"

四周参观的人听到这句话如同受了电击，都回头看我们。

我不好意思地说："这里的东西不卖的。"

他听了，白眼一翻："哪有这样的！如果没有价钱，也不买卖，我们怎么知道它的价值?"

一个一直活在商业社会、从来没受过文化洗礼的人，以"物物有价"的观点来看事物，是情有可原的。可是要怎么让这种人了解，有一些东西是没有价钱，也不能买卖的呢？这使我感到苦恼。

正苦恼的时候，一个成语闪过我的脑海。我对他说："这都是无价之宝呀！根本没有定价，也不能买卖的。"

乡下朋友喃喃有声："原来是无价之宝呀！怪不得个个都这么好看。"

后来，我带他去逛百货公司。这下他可乐了，因为根本不用问价钱，只要把东西拿起来就可以看清定价。

"哇！你们台北的东西实在够贵！"他忍不住感慨。

"贵虽然贵，但东西都有定价，我们只选择需要的来买，也没有什么好怕的。那些贵得离谱的东西自然有人会买，我们不必操心。"我说。

"是呀！是呀！咱们下港人讲'憨价钱卖给憨人'，就是这个道理。"

乡下朋友在台北住了几天，使我紧张了几天，因为乡下人口无遮拦，嗓门又大。例如看到服饰店的价格牌，他会说："夭寿哦，这是要卖给鬼穿的吗？鬼也穿不起这么贵的！"例如看到饭店的账单，他会说："凸肚短命哦！贵啧啧，不惊人吃得肚子痛。"例如坐出租车，每跳一次表，他就紧张地问："这表怎么跳这么快，是不是做了手脚？”

我好不容易才把乡下朋友送走，这几年每次遇到价钱的问题就会想起他来。确实，我们这个社会之所以会品质不良，是因为不知道世上有许多事物是“无价之宝”，是无法买卖的。

博物馆的国宝虽不能买卖，但真正财大气粗的收藏家，如果有钱，还是可以通过许多渠道买到顶极的古董和艺术品。严格地说，博物馆的东西不能买卖，但还是有价的。

真正的无价之宝，是不能用价钱评估的。

例如爱情，我们可以买到伊丽莎白女王的钻石来送给思慕的人，但买不到一千克的爱情。

例如友谊，我们可以把江山划一半送给朋友，甚至养士三千，但买不到一两真诚的友情。

例如公理，我们可以花钱买到宋朝的秤、明代的秤锤，但买不到一钱的公理。

例如良知、伦理、道德、人格、思想、智慧、悲悯、觉悟……都是一丝一毫也不能买到的。甚至，我们即使倾家荡产，也不能买到时间、健康、平安、长寿！

古代的人说五福临门——福、寿、康宁、好德、善终，至少这五福就没有一样是金钱可以买到的。

这真是人生中最吊诡的困局，凡是最有价值的东西，都不是可以买卖的；乃至一些看来无甚价值之物，也不可买卖。我听说有一个人以黄金做马桶，桶子上镶满美钞，而他却每天便秘，欲买畅通而不可得。

一旦东西有了价钱，可以买卖，它的价值也就立刻失去光彩，变得不过尔尔。

最近被热衷讨论着的贿选问题，也可以从这个角度来思考：

我们买卖选票，就是买卖自己的幸福。

我们买卖选票，就是买卖子孙的环境。

我们买卖选票，就是买卖国家的前途。

我们买卖选票，就是买卖社会的未来。

……

如果，我们使选票不可买卖，不要买卖，虽然只是小小的一张，但它立刻就会成为无价之宝！

图书在版编目（CIP）数据

放下过后更澄明：永生的凤凰/林清玄著.—北京：线装书局，2012.11
ISBN 978-7-5120-0744-4

Ⅰ. ①放… Ⅱ. ①林… Ⅲ. ①散文集－中国－当代
Ⅳ. ①I267

中国版本图书馆CIP数据核字(2012)第261809号

本书由台北九歌出版社有限公司授权出版

放下过后更澄明：永生的凤凰

作　　者：林清玄
责任编辑：张媛媛　孙嘉镇
装帧设计：孙丽莉
出版发行：线装书局
　　地　址：北京市西城区鼓楼西大街41号(100009)
　　电　话：010-64045283　64041012
　　网　址：www.xzhbc.com
经　　销：新华书店
印　　制：北京慧美印刷有限公司
开　　本：787mm×1092mm　1/16
印　　张：15
字　　数：125千字
版　　次：2013年2月第1版第1次印刷
定　　价：29.80元